긴 겨울 끝에
다시금 싹을 틔운

시문학
제15집 **시몽**

발행일	2018년 6월 22일

지은이	권동기 외 17인		
펴낸이	손 형 국		
펴낸곳	(주)북랩		
편집인	선일영	편집	오경진, 권혁신, 최예은, 최승헌, 김경무
디자인	이현수, 김민하, 한수희, 김윤주, 허지혜	제작	박기성, 황동현, 구성우, 정성배
마케팅	김회란, 박진관, 조하라		
출판등록	2004. 12. 1(제2012-000051호)		
주소	서울시 금천구 가산디지털 1로 168, 우림라이온스밸리 B동 B113, 114호		
홈페이지	www.book.co.kr		
전화번호	(02)2026-5777	팩스	(02)2026-5747

ISBN	979-11-6299-194-7 03810 (종이책)	979-11-6299-195-4 05810 (전자책)

이 도서의 국립중앙도서관 출판예정도서목록(CIP)은 서지정보유통지원시스템 홈페이지(http://seoji.nl.go.kr)와
국가자료공동목록시스템(http://www.nl.go.kr/kolisnet)에서 이용하실 수 있습니다.
(CIP제어번호 : CIP2018018685)

(주)북랩 성공출판의 파트너

북랩 홈페이지와 패밀리 사이트에서 다양한 출판 솔루션을 만나 보세요!

홈페이지 book.co.kr • **블로그** blog.naver.com/essaybook • **원고모집** book@book.co.kr

시 문 학
제 1 5 집

詩

긴 겨울 끝에
다시금 싹을 틔운

夢

시몽시인협회

가은	고경희
단월	황은경
동원	이동원
백암	권동기
서아	서현숙
성문	최범규
송야	김효정
여산	문서진
예인	김정수
유심	백승훈
유영	김명훈
장포	박성대
천명	김광선
천안	김영진
춘곡	김광섭
함초	신옥심
혜민	우종준
혜안	김미애

북랩 book Lab

권두시 卷頭詩

— 제15집, 시몽인과의 재도약

시몽시인협회가 걸어 온 길은 아득하다.
그러나
그 길이 시간 따라 세월 따라
그냥 흘러온 것이 아니다.
제1집에서 제14집까지 열심히 달려오면서 느낀 것은
모두가 열정의 그릇 속에 꾸준히 시어의 양식을 채우며

때론 아픔의 눈물
때론 행복의 미소
때론 고뇌의 쓰라림이 서로 엉키듯
서로의 웃지 못할 시련 속에서도
문우의 정만은
변치 않았다는 것과

그 끈끈한 정이 있었기에
제14집 후의 휴식공간은
참으로 길게만 생각되기보다는
더 충전의 요소를 만드는데
고뇌를 바쳐야 했음은
정녕코 옳았을지도 모른다.

그 공백 기간을 말끔히 무너뜨리고
명실상부한 제15집 시문학을
한 몸 한뜻으로 내놓게 됨을
시몽인 모두에게 큰 자랑거리이자
행복의 용솟음이라고 감히 생각하며
서슴없는 미래의 항해를 기대하면서

영원히 시단詩壇으로부터 사라질 뻔했던 시몽시문학이
제15집의 거대한 외침으로부터
이제 다신 꺼지지 않을 등불처럼
시몽인의 창작 열기를
한층 더 고조시키는 계기가 되길 진심으로 바라며
또한 밀어주고 당겨주는 힘을 과시해 주길 바라면서

이번에 함께 하신 18人의 시몽인 여러분께 감사드리며
다음에 함께 하실 시몽인 여러분께
미래의 꿈과 시혼의 정열을 위해
끊임없는 창작의 기쁨을 함께 나누어 주실 것과
시몽시인협회의 번영을 위해
함께 이끌어주시기를 소망하는 바다.

2018년 6월, 영덕에서

회장 백암 배상

가은피恩

- ○ **본명** 고경희 高京姬
- ○ **출생** 1962년 제주 성산
- ○ **거주** 경북 구미
- ○ **현재** 시몽시인협회 문화위원장
- ○ **홈피** www.cyworld.com/hee628

○ **공저**

- 제1집   시몽시문학 '빗물' 외 5편(2008. 9)
- 제2집   시몽시문학 '마음' 외 6편(2009. 3)
- 제3집   시몽시문학 '고독' 외 5편(2009. 9)
- 제4집   시몽시문학 '얼굴' 외 4편(2010. 3)
- 제5집   시몽시문학 '추억' 외 4편(2010. 9)
- 제7집   시몽시문학 '이별' 외 6편(2011. 9)

가은 ❶

보고 싶다

너무나 보고 싶어서
즐겨 입는 티셔츠에 청바지
바삐 끼어 입고

당신과 만나면 항시 걷던
강둑 숲길을 걸어 봅니다.

혹시 흔히 보았던 옷 색깔이
당신의 눈에 띠어
나지막이 이름이라도 불러줄 기대감에

얼음덩이로 꽉 찬 가슴은
당신이 비춰준 눈빛으로
사르르 녹아 흘러내리겠죠.

미치도록 보고 싶어 달려가도
당신이 놓고 간 들릴 듯 들리지 않은
사랑의 메아리뿐

손을 내밀어도 차디찬 바람뿐
당신의 따뜻한 체온은
숨겨진 내 마음속에선
비가 되어 흐릅니다.

산

혈기 왕성한 푸른 봉우리 삼형제
그 옆에 철없이 끼어든 애기 산

나지막한 집들이 하나 둘 사라지고
높은 콘크리트 집을 지으면서

4형제의 모습이 점점 작아지더니
오늘은 키가 더 작아졌고
내일이면 엄청 작아지겠지

며칠이 지나면 그 아름다운 산들도
수면 속에 잠길까
땅속에 잠길까

가을 단풍에 물들어
유혹의 손길 내밀던 붉은 손도
이제는 볼품없는
콘크리트 네모난 집들 뿐.

가은 ❸

하루

가끔은 하루가 천리같이
지겨울 때가 있다.

꿈에 부푼 하늘을 바라보면
회색 구름 사이가 우아하고

펼쳐진 희망 구름 찾아
날고 싶을 만큼 날갯짓하니

추적추적 내리는 빗물이 흘러
큰 바다로 흘러들듯

일에 지친 표정이 굳어
이슬처럼 허무하게 소진될지라도

잔주름 사이로 곱게 피어나는
웃음꽃 향기인 것을.

가은 ❹
가을

떨어지는 낙엽이 힘없이
거리의 방랑자 되면
슬픔에 찬 눈동자
메어오는 목소리

5월의 푸른 기억들은
그리움의 연기되어
저 하늘 위까지 올라
하얀 구름 되어
언덕 위를 노니는구나.

난 널 기억하며
거센 비바람에
풍랑경보가 울려도
흐트러짐 없는
당당한 모습으로

곳곳에 수명 잃은 슬픈 노래에
서러워하지 마라
긴 여행 마치고 돌아오면
널 마중하는 사랑이
기다리고 있을 테니까.

혼자 걷는 길

우거진 숲길 따라 걷다보면
혼자라는 게 무서울 때가 있더라.
힘든 비행에서 안식을 찾은
새들 울음소리 조차에도
이승을 떠도는 영혼들의
한 맺힌 울음처럼 오묘한
공포와 뒤섞인 소리

아직 오를 길은 끝이 없고
이미 숨이 차버린 지난 시간들 속에
손아귀 펼쳐보니
일궈 놓은 재산 아무것도 없고
보석처럼 빛나는 두 녀석 눈동자
반짝반짝 빛나고 있더라.

어둡고 외진 길을 밝혀주는
두 아이 눈빛
더딘 발걸음이 아직 멀어도
눈 내린 미끄러운 길보다
오늘 같은 낙엽 한장 한장에
아이들 얼굴 그리며 사랑 편지 써 내리는
걷고 있는 이 길이 좋기만 하더라.

누군가를 사랑한다는 것은

누군가를 사랑한다는 것은
커다란 비빔그릇에
너 나 영혼을 뒤섞어 놓고

한 숟가락 또 한 숟가락
떠먹는 비빔밥 같은 거

허기진 설렘과 사랑의 새싹까지
넉넉히 넣고 떠먹는 기쁨처럼
누군가를 사랑한다는 것은

너 나 크고 작은 삶의 전체를 노출하고
조금씩 떼어주는 사탕 같은 거
오물거리며 사랑하는 동안은 나를 저당 잡힌
철창 속에 갇힌 한 마리 새

어깨죽지 상처 날 때까지
고통스러움도 누군가를 사랑할 수 있기에
많은 고통 속에서도 꽃이 핀다는 거다.

햇살 한줌

일억이 넘는 돈으로
햇살 한줌 샀습니다.

25년이 걸린 집 한 채
십억이 넘는 웃음과

이십억이 넘는 손주들의 놀이터
총 삼십 일억을 주고

거대한 태양
쥐꼬리 같은 햇빛을 샀습니다.

가은 ❽

주산지

푸름을 가로 질러
숨 가쁨 내려놓으니
기다린 듯 산새들이
앞 다투어 날 반기네.

입을 옷이 없어
흉한 모습으로
수많은 세월 거듭하여도
달빛 속에 침묵으로 우두커니 선
푸른 왕 버들나무들

두툼한 신발에 날개 달고
저 언덕 너머 환상의 호수를 찾아
해와 물이 어울린 신선되어
은빛가루 흩뿌리니
그곳엔 보석으로 가득하네.

바람이고 싶다

새벽하늘을 가로지르는
한줄기 바람이고 싶다.

덧없이 흘러버린 세월 속에서
싸늘하게 식어버린 내 육체를
벗어 던져버리고

넓고 넓은 人生의 바다를
배회하는 바람이고 싶다.

마침표 없이 흘러만 가는 세월 속에서
내가 머무를 수 있는 곳이
어디 메 있으랴

삶이 힘든 건 누구나
마찬가지지만

찌들은 삶에서 벗어나
잠든 내 영혼을 일깨우는
바람이고 싶다.

슬픈 사랑의 시를
가슴에서 지우며

허공에 날갯짓하는
바람이고 싶다.

슬픈 가지 꽃꽂이

길가 오아시스
꽃집에서도 볼 수 없는
특별한 꽃꽂이 전시장

주문 배달도 없고
주인 명찰 달고 감시하는 이도 없고
CCTV 달린 곳도 없고
눈치도 거래도 없는
각양각색의 꽃 전시장

짙은 향기 안고
바람결에 띄우는
아카시아 향기
저 건너 슬픈 바닷가를 향한다.

단월薄月

- ○ **본명** 황은경 黃恩京
- ○ **출생** 1967년 전북 익산
- ○ **거주** 대전 서구
- ○ **경력**
- - 2013년 시 등단
- - 2017년 수필등단
- - 2017년 다온문학상 본상
- - 2018년 한국여성 백주년문학상
- ○ **현재**
- - 대전서구문학회 사무국장
- - 다온문학협회 이사
- - 작가와문학회 회원
- - 논산문협 회원
- - 시대읽기, 리터렌스문학관 사무국장
- - 우주문학회 회장
- - 시몽시인협회 재무위원장

- ○ **저서**
- - 제1시집 '겨울에는 꽃이 피지 못한다'(2015)
- - 제2시집 '마른 꽃이 피었습니다'(2016)

- ○ **공저**
- - 전국 시화전 다수 참여
- - 전국 문인협회 공동저서 다수참여
- - 제14집 시몽시문학 '무게' 외 6편(2015. 3)

가시 선인장

원래는 둥글둥글
편하게 살았으리라

바람과 모래의
거친 반항 후에도
삭막한 표정은 없었으리라

청자색 새벽의 부름 속에서도
미소 지으며 춤을 추었을 것이다

가시 순이 돋쳐도
꽃이 피어나도
세상의 이름뿐인 가시 선인장

가까이하기에는
아픈 가슴 덩어리
날카로운 가시에 내밀 수 없는 사랑

역린 할 수 없는
차가운 현실에 가시는 더 돋아나
모래바람 맞으며 미소 짓는 너.

그대가 날 버리고

날아갔습니다
하얀 나비 한 마리 날개 앞세우고
갈 길도 알려주지 않고
혼자 떠난 나의 분신
밤마다 문을 열어 놓고
다시 날아오기만 기다리다
내 몸이 하얀 나비로 변신하여
움직이는 상상을 해봤습니다
표본실의 나비들이 핀을 털고 일어나
앞장서주겠다고
길을 알려주겠다고
그대를 찾아주겠다고
날 위로하듯 퍼덕이며
부채질합니다
고요한 새벽이슬처럼
스르륵 별빛 따라 날개를 접은
나는 내 날개에 묻혀 버렸습니다
그대가 날 버리고 간 길을 앞에 두고.

단월 ❸
갈채

하얀 새벽길을 나섰다
브람스의 교향곡을 들으며

푸른 소녀의 인생은
수많은 꽃잎처럼 흔들리고
수많은 곡예 같은 가지를 자르며
계곡을 지나 평원에 다다랐다

별처럼 살고 싶었고
음표 위를 날아다니며 소리 내고 싶었다
포효하는 새벽
가느다란 현의 곡예를 사랑했던 그녀

굳은살 손가락 사이로 들리는
바람과 꿈과 희망의 합주가
어느덧
세계의 현 앞에 당당하게 첫 자리에 서 있다니

살라 먹은 나이를 보답 받는
현의 주인은
부지런함과 사랑받는 음을 넘나들며
소리를 만들어내고
해맑은 소녀에서 칠십을 앞둔 소리의 마법사

울려 퍼져라
한라산에서 백두산까지
아름다운 하얀 신의 손 그대여
세계는 당신을 영원히 사랑할 겁니다.

편주)

세계적인 바이올리니스트 정경화 님의

감동적인 합동공연이 3월 30일 7시 30분

두 시간 동안 경남 통영에 있었습니다.

평생 한 번 볼만한 공연이었기에 바라보는 내내

벅찬 가슴을 기립박수로 돌려 드리고 왔습니다

그분을 위한 제 마음을 보내드립니다.

단월 ❹
까치

봄이라고
자발 맞게 눈이 오질 않나
차가운 빗줄기를 쏟지 않나
황사가 널린 밖에 바람이 들썩들썩 불지를 않나
집 나간 뉘집 고양이까지
새벽에 걱정하는 모습
내 모습이며
저기
저
홀로 떠 있는 달도
나의 달이다

날아다니는 새로 치자면
동네마다 귀찮다 하는 요즘 까치다
오지랖이 사람만 있는 게 아닐 터
그의 나라에서도
자유를 추구할 것이고
땅에 쌓인 모이도 먹어 봤을 것이다
따뜻한 봄을 추구하는 이곳에
요즘 선거를 한다고
길 가다 명함을 주고받고 바쁜 사람들이 많다

까치야
긍정의 아이콘이며
소원의 길몽을 물어다 주는 너
너도
세상의 모든 사람과 어울리며 사는
날아가는 새벽이며
아침을 여는
행복한
달
이
다.

꽃잎 울고 지다(능소화)

달이 지기 전에
꽃이 지기 전에
새벽길 넘어가
내동댕이쳐진 붉음의 설움

달빛도 우울하니
기다림만 야속하다
꽃은 그대 향해 피었다 지니
붉은 속내보다 더한 보고 싶음이라

수천 번 저 달만 봤을 여인아
고요보다 더한 침묵 속에서
어이하여 붉게 꽃으로만 피어
담장을 넘지 못할까

야속한 속 어찌 못 풀고
빗길 위에 내동댕이쳐 있는가
지척에 살아있어도
만날 수도 없는 사람을.

날개 잃은 천사

날개를 잃어 본 적이 있는가

누굴 믿어서 그랬던 것처럼
누굴 따라나서서 그랬던 것처럼
누굴 사랑해서 그랬던 것처럼

순간이 나에게 와 침식될 때까지 핏줄을 타고 돌아
빨간 암적인 존재가 폐부를 두드리고
막힌 숨구멍 하나하나에 고름을 채워 돌려놓으면
우린 숨도 못 찾고 가는 나그네가 되어 버리고.

내 날개의 깃털은 빠지고
곧, 항거할 수 없는 비상 착륙을 할 것이다

청춘이 익어 갈 즈음
오지게 아팠던 날개를 찾고 싶던 날
참 많이도 파닥거리다 떨어진 기억
그 영상이 나란 것을.

그의 향기가 꿈인 듯 바람인 듯 지나갔다

봄비가 쏟아지던 어제
그가 그립다 못해 얄미워
꼬집고 싶었다
청춘은
따로 있는 게 아니란 말을 해주고 싶다
지금 이 순간
그립고 보고 싶으면
내 가슴은 청춘이다

그의 향기는 꿈인 것 같고
바람인 듯 실려
잠시 비틀거리는 내 손을 잡아
일으켜 세워주고
다시 떠나갔다
아니
다시 떠나보냈다
얄미움은 언덕 같은 내 젖무덤에
다시 품고
그의 향기를 생각하리라
채우기만을 바라던
패인 뇌를 달래며
이 청춘 같은 시간에 유희를 즐긴다

봄바람
아, 라일락 향기처럼 여미리라
기다리는 다른 자리 같은 고민도
향기처럼 사그라들어라.

안녕
다시 못 올 오늘의 내 청춘이여.

문패

아무 개집 딸내미
안뜸 파란 기와집 딸내미
공판장 집 셋째
마지막에
한량 딸내미

나를 지칭했던 어린 시절의 내 문패다
아버지로 인한 뼈대가 징하게 굵다
대문도 아버지 영역이다
안방 문지방도 아버지 영역이다

그래도 좋았다
얼기설기 엉켜 지탱해주는
황토 돌담처럼
속에 박힌 짚처럼
단단하게 지낼 수 있어 좋았다
아버지 문패를 가슴에 지녔던 시간이
눈물겹게 좋았단 말이다.

단월 ❾
뻐꾸기와 밥새

영리한 새라 할까
약은 새라 할까
피의자 조鳥 뻐꾸기는 암적인 존재
위자료를 지급하라

밥새야
쫓아가서 육아수당 신청해라
멍청한 네 우매함은 다 알지만
그 가슴 깃에 파고드는 사랑을 나눠줬으니
피해자 조鳥 밥새는 뻐꾸기에게 위자료를 받아라

고통스러운 사랑이 돼버렸으니
숨기지 마라, 이제는

단월 ❿

새치

검정 머리 청춘에
하얀 비늘 하나가 솟아
하늘을 찌른다
어쩌다가
시간을 잘못 찾아온 손님처럼 뽑혔다

서른의 나이
손바닥만 한 내 집에
내 자식 눕히고 싶어
발바닥에 땀이 나도록 고생하다가
잔머리가 늘어나니
쌍쌍으로 생겨났다

불혹의 술잔에 비친
소외된 내 자리가 버거울 때
빈 잔 채우던 소주잔 수만큼
떼거리로 올라오고
비애의 고뇌가 충만해질 때 덧칠해본다

지천명의 자리는
모든 걸 바꿔주는 시간의 여유가 많다
늘어나는 친구들의 숫자도 많고
깊은 성찰의 길목에
동행하는 친구가 되니 편하다

이순의 줄을 잡으면
내려놓을 줄 아는 용기가 생기는 시간
은빛이 은은하게 빛에 비처도
전혀 낯설지 않고 자연스럽다
새치는
남은 인생 이막
오르막길의 아름다운 동행자.

동원 東源

- **본명** 이동원 李東源
- **출생** 1961년 경북 포항
- **거주** 경남 거제
- **경력** 대한문학세계 시 등단
- **현재**
- 시인의 정원 멤버
- 새부산시인협회 회원
- 영남문인회 회원
- 시몽시인협회 회원
- **메일** lnk2061@hanmail.net

- **공저**
- 월간문학광장 '창가에서' 외 2편
- 문학세계 '물레소리' 외 4편
- 제3집 시몽시문학 '소낙비' 외 5편(2009. 9)
- 제4집 시몽시문학 '보슬비' 외 4편(2010. 3)

봄비

잠들었던 대지에
부풀어 오르는 꿈의 눈물 흘린다.

바람이 부추겨 꽃비가 대지를 덮어
봄이란 까치집을 짓고
목련의 숭고한 이치를 깨워라 말하고 있다.

창을 기대듯 우두커니 선 몇 그루
아기주먹만한 꽃봉오리 흔들며 발버둥치는
민족의 함성과 허기진 뜸 닭의 숲이
물 배미 논두렁에서 새어나오는 소리로 요동친다.

꽃봉 터지고 피었다가 낙화하는 영상
그래 그것도 봄의 생동인데
나는 어찌 슬퍼 어미의 자취 같아 아프다

저 외침이 대지를 푸르게 하오리까.
솥뚜껑만한 꽃봉오리에 앉아
이 땅에 나를 서게 한 어미를 찾아나서
어둠을 담지마라 세상 살피리다.

동원 ❷
시혼을 안고

시골 소년이 때를 벗지 못하고 유학길에 올라
청운의 가슴을 열어 낯선 도회지 불빛에서
열일곱 가슴에 풀물들이더니
꽃 피울 수 있다는 희망에 물음표 달아
도회지 현란한 리듬에 앓아
그땐, 그것이 백팔번뇌인줄 알았다.

목표 없는 독백 속에
반문을 거듭하며
소리 없는 눈물로 편지를 쓰다가
꺾어버린 펜 앞에 누운
스물 꽃다운 밀어들이 수없이 까맣게 탄 밤
어쩌면 바람이었다고 할까
욕망이었다 할까

사글세 다락방에 잠자던 원고는
목마와 숙녀 앞에서 불살라 버려졌다
황금을 향해 질주하듯 욕심껏 채우리라 다짐했었는데
욕망이란 그릇에는 담을 것을 담지 못한 채
어느 한 날, 거울에서 본 그릇은
불편한 진실도 텅 빈 공간으로 남아 있었을 뿐
중년이란 명사 앞에 등불로 찾아온 불씨 하나
다시 태어난 기분으로, 감성으로 품고 보니
나그네가 아니라 시라는 것을

그러고 보니
희망이었고, 좌절이었고
분노이었고, 바람이었다.
다시 내 삶은 자연 속에 순응으로 흐른다.

늦게나마 내 가슴에 찾아든 선물
불안한 마음에 든 평온이었다.
그러면서 버릴 만큼 버려라 했다.

바람이었던 모든 날들을
다 잠재우고
망각 속으로 떠나는 날까지.

소경의 북소리

큰골 못 오두막 대밭 집에 살던
짝꿍이었던 경아의 숙부
그가 세상을 떠난 45년 뒤, 그의 북소리가 들린다.
"내가 치는 북소리는 세상으로 말하는 것이 아니라
내 마음을 소리로 낸다."라고 했다.

봉사야~ 봉사야~ 개구쟁이의 짓궂은 놀림에
마치 보고 있는 것 같이
"이놈들!"하며 피씩 웃을 뿐이었다.

쓸 줄 모르는 일자무식이라도 세상 이치에 밝음은
하늘이 주신 끼에 마음의 눈으로 사람을 읽고 있었다.
서당 훈장님 소리에 기웃거리던 그는
천자문과 사방팔방 육십갑자에
만물을 열손가락 마디마다 심어 두었는지
그의 끼는 법사란 운명에 북소리로 세상을 쓰고 있었다.

가끔, 너털웃음에 막걸리 한잔 쭉 마시고
제 등치만한 북을 두들기며 시조를 읊었다.
때론 흥겹고, 때론 슬픈 가락이 울림 되어
때에 따라, 장소에 따라 달라지는 즉흥 시조 창(唱)

뭇사람들은 천진한 그를 좋아해
사주를 보거나 노래를 청하기도 하며
개울을 건너다 넘어지면 뛰어가 부축해준다.

그는
"지팡이가 없어도 내 눈은
귀가 있고 손이 있고 발이 있다.
입이 있어도 나는 북소리로 말한다.
나의 스승은 모든 사람이다." 하였다

그의 친구가 월남에서 가져온 선물
미제 라디오를 늘 지니고 다니듯
그에겐 북이 신주였다.

북소리 들려온다.
"얼쑤 조오타!" 가락이 몰려온다.

내가 살아온 길이 얼마나 어리석었던가?
사지를 멀쩡히 지닌 몸뚱이에 세상소리 듣고 있으나
입이 있어도 말 못하는 멀뚱멀뚱 눈을 가진 나
세상을 손가락으로 쓰고
세상을 손가락으로 말하려는 나

아직도 나는 그가 가진 것 중
아무것도 내겐 없다.

작은 둥지를 뻐꾸기가 허물다

남의 둥지에 알 낳고 저는 나그네 심성
제 알 낙마해 깨진 줄 모르고 품는 여린 성
민가를 끼고 사는 산자락 토박이 새는
풀 섶에서 부화를 기다린다.

작은 새도 느낌이 있다
제 둥지가 허물어진다는 것을 느꼈으리라

육중한 몸을 베는
전동 톱 굉음이 무시무시하게 울리더니
제 땅이라며 덩치 큰 공룡들이 털컥털컥 밀어버린다.

욕심과 역심이 가로질러 쌓은 탑
콘크리트 새장, 뻐꾸기 숲에 사는 사람들
젊은 피 펄펄 끓여 분양가 지불한 그곳은
인간이 사는 둥지로 안락지대랄 수 있나
그런데도 사람들은 신난다.

멧새는 말한다.
내 둥지 허물어도 나는 다시 건축할 테니
튼튼하게 지어 불안요소 느끼지 못하고
행복하게 살 수 있게 하라고.

인생 그림자

앉으나 서나, 일탈의 소명
오가는 길목에
또 다른 손짓이 있고
골목 돌아가면
굴절된 빛에 따라 인생도 흐릅니다.

속절없는 사연이 있겠습니까.
바람이라 말하렵니까.

돌아보면 과거지만
오늘, 지금이 만사 교차 중이니
오늘이 모자라 내일을 꿈꾸는 것이
사는 것이 세상사 삶입니다.

그림자를 등지고
새로운 희망에 오늘을 걸어가며
행복을 위한 그림자를 남기고.

동원 ❻
산등에서

벙긋이 위로하더니
꽃잎이 웃어 임이고
멧새 흥 돋우니
동박새 신이 났네.

꽃 등 자락
마루 삼아 산등 마주앉아
꽃님도
바람도
벗이라 부르네.

모성을 그리며

철부지 세상모르고 날뛰다
아버지는 뒤뜰 땅에 봉분 지으시고
젖먹이 그림이 남은 세월

한 집안에
자식이 성하여 무사평일하면
그 집은 웃음이 화하여
꽃피고 새처럼 노래한답니다.

세상사 밝아지니 각각 제 잘났다고
세상살이 눈멀어 먼 걸음 하니
정이란 것이 어머니 울리셨구나.

꿈속에 눈물짓고 불러보나
아버지 옆에 누우신 어머니 젖무덤엔
다 주고도 누렁 풀이 무성하다.

사랑한다는 말은

표현에 인색하다
사랑한다는 말을
받아들임에 있어 무디다.

사랑한다는 말은
주는 것도, 받는 것도
사람 위에 사람이 있을 수 없다는
인간애를 나누는 말이다.

언제 어느 때, 어떤 곳에서 듣던지
기분이 좋아진다.

나와 당신을 두고 나누는 정감이요
나와 당신을 존경하고 품는
최고의 선물이다.

사랑에는 객관도, 주관도 없다
결코 헤프지 않다
사랑한다는 말을
누구에게든 아끼지 마라.

점

바둑판은 원이다

점 하나 찍고 보면
내가 있어 미묘한 삶이요
길이 있고 사람이 있다.

흑백의 논리가 숨 쉬는 곳
집을 짓는 것은
모든 생명의 점이다.

사각을 휘돌아도
생명은
원을 벗어날 수 없다.

점의 행로는 없다
무의 공간에 안착 전에는
그 안에 생명인 것이다.

홀씨

훨훨 나는 멍에
어느 곳에 뿌리를 내릴까?

봄바람에 꼬드긴
민들레꽃임을 망각하고
이상은 어디로 내릴까

바람결에 날다 지치면
방황의 끄트머리에서
또 다른 시작이런가

꿈꾸는 하얀 깃은
자유로이 날고파
수레 끄는 스케치 북에
바람이 일고 있다.

백암 白巖

- ○ **본명** 권동기 權東基
- ○ **필명** 남휘擧輝 · 초농草農
- ○ **출생** 1962년 경북 영덕
- ○ **거주** 본향
- ○ **경력**
- - 서울 · 대구, 신문 · 문예 · 출판사 편집장
- - 대구, 동기출판사 · 월간 다복솔 발행인 및 편집인
- ○ **현재**
- - 주농야시 晝農夜詩
- - 시몽시문학 발행인 및 편집인
- - 시몽시인협회 회장
- ○ **펫북** www.facebook.com/kwon0702

- ○ **저서**
- - 제1시집 고독한 마음에 비내리고(125편, 1994)
- - 제2시집 빗물속에 흐르는 여탐꾼(125편, 1996)
- - 제3시집 고뇌에 사무친 강물이여(125편, 1997)
- - 제4시집 들녘위에 떠오른 그림자(125편, 1998)
- - 제5시집 고향은 늘푸른 땅일레라(125편, 1999)
- - 제6시집 땀방울로 맺어진 사랑아(125편, 2000)
- - 제7시집 토담에 멍울진 호박넝쿨(125편, 2001)
- - 제8시집 농작로에 웃음이 있다면(125편, 2002)
- - 제9시집 눈물로 얼룩진 들녘에는(125편, 2003)
- - 제10시집 함박꽃이 시들은 전원에(100편, 2004)
- - 제11시집 산하는 무언의 메아리다(100편, 2005)
- - 제12시집 그리움이 꽃피는 산천에(100편, 2006)

주춧돌

만나야 한다.

핏덩어리가 얼굴 덮고
진리의 혼이 냉혹히 달아나
가시밭길이 발목을 잡을지라도

만나야 한다.

생명의 디딤돌을
불꽃의 활화산을
위해

님과의 만남은
생사의 불운이 거미줄처럼 엉켜 있을지라도
만나야 한다.

그대의 향연이
유구한 삶을 짊어지는
거대한 축복이기 때문이다.

외로운 나그네

뽀얀 향연에 취해
잡풀로 우거진 길 따라
외로운 나그네가 된다.

꽃봉오리는 꽃이 되기 위해
험난한 인고의 시간 속에 허덕이는
푸르른 들녘엔

냇물 따라 고뇌를 토하는
농민의 모습마다
암울한 그늘이 나부끼니

잠시나마 그 늪을 헤치며
꽃다운 사랑을 타고
외로운 나그네가 된다.

백암 ❸

개미의 삶

뙤약볕 아래
무리저어 떠나가는
인생의 여정

잠시라도 게을리 않고
묵묵한 행진으로
행복의 뜨락 찾아

인간의 가래침 비껴
짐승의 발자국 넘어
거미의 올가미 헤쳐

끝없이 줄지어 걷는
그들의 길목에 어느덧
해거름의 빛이 떠나고 있다.

백암 ❹

삶의 길 따라

산을 넘다가
구름의 행선지 따라
비바람이 일어나는
사나운 눈물을 본다.

강을 건너다가
안개의 안식처 따라
비구름이 피어나는
시련의 고독을 본다.

삶의 길 따라
고즈넉이 뿌려지는
참다운 그늘은 사라지고
비운의 미소가 가슴으로 스며온다.

황혼의 넋

만 가지의 시름
흙에다 묻고

시간의 언덕배기 타고
긴 여정으로 노니는
인류의 생명들

해학이 있어 미래의 꿈을 꾸고
추억이 있어 과거의 넋이 피는

하루의 짧은 햇살이
찬란한 여명을 꿈꾸게 한다.

가슴에 핀 노래

옥수수 한 아름 따다 가마솥에 넣고
불똥 튀는 아궁이 속에 장작 지피던
탁주처럼 싱그럽던 그날은 저물고

불가사의의 시비만이 응어리로 펴
성숙과 함께 타락해 버린 그 마음
기적의 의미는 간곳없이 나뒹굴고

인정의 손길은 홀대로서 밀려난 채
불행스런 곡예의 길목은 가득하니
학춤 같은 예술마저 흑막에 잠드네.

부스러기 같은 현실들과 대조하며
지금도 그날의 향기로운 그리움에
의구한 옷깃으로 훔치는 눈물이여.

삶의 진리

살포시 담박질하는
자연의 순리를
메말라가는 길목을 후비며

인연처럼
떨쳐버리지 못한 채
뒹굴어야 할 시간의 불시착

영원히 간직하지 못할
비운의 시간 속에서도

인류의 혼적은
오늘도 그렇게
방황의 끄트머리를 잡고

삶의 진리를 추스르고
싹틔워야 할 생명을 보듬으며
저물어가는 노을을 훔치고 있다.

일기예보

먹구름이 창문 틈에 끼어
험상궂은 아우성을 칠 때면

개미떼가 하던 일을 멈추고
이삿짐을 듬성듬성 싸서

가냘픈 등짝에 가득 올리고
범람하지 않을 산등성이를 향해

다시 돌아오지 못할 긴 여로 따라
줄지어 잔달음을 한다.

푸른 시절

사무칠 외로움 늘어놓은
수많은 별들의 속삭임들
지난날 소박한 얼굴 떠올라
그리움에 넋 달래며

작품 속 장미 같은 그는
깃든 미소 감추고
얇은 피부 섧게 들춰
자화상의 눈물 닦으며

곧잘 수줍던 그는
못내 청춘 묻어둔 채
전설의 아픔 아로새기며
미지의 꿈 가슴에 적신다.

생명의 밤

치마폭에 별들이 잠들고
닫힌 들녘은 한바탕 요동치더니

한나절에 억압된 고통을 들추어
쑥부쟁이 잎으로 말초신경 쓸어내리며

풀벌레의 화음이 계곡 따라
먹구름 향해 가야금을 조작하더니

시들어 버린 입술 사이로
물컹한 이슬이 꼬리를 감는다.

서아 書娥

- **본명** 서현숙 徐賢淑
- **출생** 1955년 경북 영주
- **거주** 경기 고양
- **경력**
- 대한문학세계 시 부문 등단
- (사)창작문학예술인협의회 정회원
- (사)창작문학예술인협의회 운영위원장 역임
- 대한문학세계 신인문학상 수상
- 2012년 나라사랑 가족사랑 '전국 시인대회' 장려상 수상

  (사단법인 창작문학예술인협의회 주관, 회의사당 사무처,

  MBC문화 방송 후원)
- 2012년 한국문학 발전상 수상(대한문인협회 주관)
- 2013년 창작문학 예술인 금상 수상(창작문학예술인협의회 주관)
- 대한문인협회 2012년 12월 '이달의 시인' 선정
- 대한문인협회 '금주의 시' 선정
- 전국 시화 전시회 출품 다수
- 현대시 '名人名詩' 특선시인선 2년 연속 작가 선정
- 대한문학세계, 한비문학, 시인과 사색
- **현재**
- 대한문인협회 회원
- 시몽시인협회 회원
- **기타**
- **홈피** http://shs5310.kll.co.kr
- **메일** shs5310@hanmail.net
- **블로그** http://blog.daum.net/shs5310

o **저서** 제1시집 '들 향기 피면'(2013)

o **공저**
- 대한문학세계(2011년 여름호)詩 '꽃의 넋' 외 3편
- 대한문학세계(2011년 가을호) '코스모스' 외 1편
- "名人名詩" "특선시인선"(2011년 12월) '기다리는 마음' 외 9편
- 대한문학세계(2012년 봄호) '아침 이슬'
- 대한문학세계(2012년 여름호) '향기 되어 날아'
- 대한문학세계(2012년 가을호) '제30회 런던 올림픽'
- 월간 한비문학(2012년 11월호) '부부(夫婦)' 외 1편
- 월간 한비문학(2012년 12월호) '억새의 사랑' 외 3편
- 시인과 사색 10집(2012년 12월) '가을비 내리는 밤' 외 9편
- 제7집 시몽시문학 '산딸기' 외 6편(2011. 9)
- 제8집 시몽시문학 '안개비' 외 6편(2012. 3)
- 제9집 시몽시문학(2012. 9)

은혜의 날

새벽 하늘
총총 박힌 별
참빗 같은 초승달
곱게 돋아

작은 들꽃
이슬 머금고
수줍게 피어 있네.

크신 은혜
말할 수 없는 사랑
울어버린 그 새벽

기도 시간
사랑의 편지
하늘에서 내리시네.

뛸 듯이 기뻐
설레는 마음
표현할 길 없어라.

비 오고 바람 불어

창밖엔
봄비가 촉촉이 내리니
시간은 소리 없이 흐르고

이제 이 비 멈출 때
예쁜 꽃
또 다른 생명 위해 떨어지며

오고 가는 자연의 질서 따라
다음 생을 기약하고
떠나가지만

하얀 목련 꽃
흑갈색으로 변해
떨어지는 것 바라보니

흙에서 나와
다시 흙으로 돌아가는 것을
알면서도

이 세상
바람 불고 비가 내려도
세월의 유수를 품어 안고
검은 머리 파뿌리 되는 날까지
잊고자 발버둥을 치며

아!
살아온 인생길
흐르는 물과 같고
떨어지는 꽃잎과 같다는 것을
이제야 알 것도 같구나.

서아 ❸
행운을 찾아

바람 따라
길 따라
클로버 꽃 춤추고

네 잎 찾으려고
짓밟고 지나가는
세 잎은 행복이다.

행복은
곁에 있는데
행운을 찾으려고
멀리 바라보다

가장 소중한 것을
놓치고 마는
어리석음을 본다.

서아 ❹
흘러가는 세월

밝은 햇살과
하늘이 아주 고와
한참을 바라보니

가을볕
타오르는 단풍은
깊어지면 낙엽 되고

나무는
꽃 떨어져야 열매 맺으며
강은 흘러야 바다에 이르고

쪽빛 하늘에
두둥실 떠가는 흰 구름
어디로 가는지 알 수 없지만

만남과
스쳐 지나가는 것
모두가 흐르는 물이로구나.

서아 ❺
감사하는 마음

감사는
마음의 감격
희망으로 내려앉아
행복으로 채우고

저절로
되는 것이 아니라
마음의 습관이며
훈련이다.

나무처럼 심으면
열매가 맺히고
한 해의 시작일 때
감사의 자리로 돌아가면
세상이 달라 보여

나로 하여금
긍정의 삶을 살게 하여
모든 사람을
행복하게 만든다.

소중한 선물

어제 죽은 이들이
그토록 갈망하던
소중한 선물
오늘을 받았으니

파릇이 돋아나는
희망을 담아
시간을 아끼고
긍정의 삶을 살아

숨 쉬고 걸을 수 있음이
기쁘고 감사하여
따뜻한 마음으로
사랑을 실천하고

세상 속
빛과 소금으로
주어진 순리의 길
그러면 좋으리라.

서아 ❼

그리운 동무

넓은 운동장
고무줄 마주 잡고
토끼처럼 깡충깡충
뛰어놀았고

시냇물 흐르는데
공깃돌 주워
느티나무 그늘에
앉아 놀았지

땅 따먹기 한다고
뼘으로 재어
그림 그리고
다투며 놀았었지

팽이 돌리던 머슴애는
어디 갔는지?
깡충거리고 뛰던
내 동무 옥이가
보고 싶구나.

서아 ❽
하늘 속 바다

시리도록 파란
하늘 열리고
바다가 그 속에
헤엄치는가.

구름아 지나다가
물어 보아라

푸른 호수에
구름가지 걸리고
실바람 타고
뽀얀 안개 따라가거든

바람아 지나다가
물어보아라.

머뭇거립니다

오려다가
잠시 머뭇거리는 것은
더 아름다운, 봄다운 봄을 걸치고
오려는 게 아닌가 싶듯

글쓰기까지는
많은 생각이 필요했고
봄처럼 머뭇거리기도 한다.

서로 나눌 수 있는 분들이
기다리고 있을 거라는
막연한 기대에
오늘도 글을 쓴다.

보이지 않아도 볼 수 있고
들리지 않아도 들을 수 있고
느끼지 않아도 후각을 자극하는

그런 아름다움이 터치되는
신명나는 나눔이
시작되리라는 믿음으로

한 줄에도
진실함이 묻어나
자꾸 되돌아보게 되는
마음의 글을 놓고

오늘도
기쁨을 나눌 분이
찾아올 것만 같아
동구 밖을 서성인다.

서아 ⑩

여행을 떠나리라

살다 보니
울적하고, 쓸쓸한 날
어디론가 훌쩍 떠나고 싶어

인적이 드문 산사
새소리 지저귀는 맑은 계곡
흘러가는 물소리 들리는 곳에

고기잡이 배
파도와 갈매기 춤추는 바닷가
모래사장을 지르밟아도 좋은 곳으로

멀면 멀수록 조용한
그곳으로 달려가서
복잡한 생각 다 내려놓고
홀가분히 노닐다 오고 싶을 때

침묵의 강
고독의 강이 흐르는 날
마음 쉴 곳으로
언제든지 떠나고 싶다.

거기서 쉼을 얻어
재충전할 수 있는 여유를 즐길
그런 여행을 떠나리라.

성문 誠文

- ○ **본명** 최범규 崔範奎
- ○ **출생** 1967년 충남 보령
- ○ **거주** 경기 화성
- ○ **현재**
- - 대연기업㈜ 근무
- - 시몽시인협회 회원
- ○ **메일** buy6586@hanmail.net

- ○ **공저**
- - 제14집 시몽시문학 '겨울 남자' 외 6편(2015. 3)

짝사랑

우연히 시작된 위험스런 고집은
때때로 질곡의 발길 부추기고
갈래 길에서 서성이다가
앞서 걷는 그림자를 뒤따른다.
아,
짝사랑
그것은
서럽고 눈물 나도 멈추지 않는 모험.

가위 바위 보의 사랑

하고픈 대로 하세요
당신의 마음 알지 못해 답답해도
정녕 당신을 이기려는 건 아니에요.
제가 져서 당신이 웃으면
저도 이긴 거예요.
설령 제가 이겼다고
당신이 진 건 아니에요.
감히 사랑이라 짐짓 마음먹으니
당신께 지는 사랑이고 싶어요.
그러니 당신 마음대로 하세요.
다 쥐든 다 펴든
주먹에서 두 개만 펴든
당신의 뜻이라면
우리는 늘 이기는 거예요.

성문 ❸

인연의 꽃씨

바람이 불었다
가을에도 그 바람은 춤을 추듯
너울너울 찾아와 세상의 모든 꽃씨를
하늘로 데려가더니 오늘 땅으로 돌려보냈다.
철 기둥 모퉁이에도
발이 작았는지 한 뼘도 안 되는
여자아이의 버려진 운동화 곁에도
젊잖게 늙어가는 노신사의 낡은 중절모 위에도
그렇게 돌아온 꽃씨는
온유한 대지의 포옹에 얌전하다.

모나지 않은 꽃씨는 사랑스럽고
사랑스러워야 땅이 품는다.
허공에 멈추지 않고
땅으로 돌아오는 여정을 마치고도
움츠리고 잠에서 깨어나지 않는 꽃씨는
찬바람에 맞서지 못한다.
겨울바람은 냉정한 듯 인자하여
꽃씨에게 생명을 주겠노라 약속한다.
세상의 꽃씨여!
겨울의 약속을 믿자
그리고 꽃피우자
겨울에 피는 희디흰 눈꽃을 보며
봄을 기다려라
너 꽃씨여!

고백

시시때때 불어오는 바람결에 보일 듯 말 듯
아른거리는 속내를 어찌하라고요.
수줍게 솟는 연정을 숨기려 해도
뽀얀 두 볼 붉으락푸르락 가만있질 않으니 어찌할까요.
실개천에 숨어 싹튼 쇠뜨기 풀 부끄러이 살 올라
한 키로 자라면 내 마음 숨길 곳 없답니다.

하늘잠자리 빙빙 돌아 사뿐히 내린 자리에
민들레 꽃씨 길 떠나면 아쉬운 한숨이 한 움큼일 터인데
아담한 정원에 이렇게 홀로앉아
동풍冬風을 흠모하는 나리꽃의 망설임에 눈 맞추고
망초꽃 세 번 피어도 타는 속 차마 어찌 못하고
오늘도 난 그대 앞을 휑하니 스쳐갑니다.

성문 ❺
여자를 사랑한다는 것

여자가 바다에서 달 하나를 건져 올려
하늘에 걸고 부끄럽게 웃는다.
나는 손 뻗어 달을 만지려했지만 헛일이었고
여자는 여전히 소리 없는 웃음을 짓는데
통통하게 살이 오른 달은
온통 하얀빛으로 손을 만들고 입술을 만들어
여자의 가느다란 발목과
손목처럼 얇은 목덜미와
하얀 원피스 속에 숨어 매끄러운 비늘 가지런히 눕힌
허리를 쓰다듬는다.

여자는 마른 나뭇잎 위로 쓰러지고
밤바람은 치맛자락을 흔들며 수작질이다
여자는 날 물끄러미 올려보며
또 부끄럽게 웃는다.
달은 점점 야위어가고
난 안달이나 가쁜 숨을 쉬었다.
어느덧 달빛은 어둠으로 대신하여
내게 손을 내어주고 입술을 열게 하고
이제 여자는 달 하나를 잉태하더니
그 달,
내 가슴에 낳았다.

고독사孤獨死를 생각하며

지금은 다들 제집으로 돌아간 늙은 계절
아침 창문을 열었다
늦가을 햇살은 농익은 여인마냥 풍성한데
3층에서 내려다 본 주차장에
하얀 개 한 마리 어슬렁거리는
조잡한 풍경화 한 점 남겼다.

숨 가쁜 자전을 하는 저 무거운 태양을 끌어안고
오늘은 시장통 난전에 푸성귀 몇 단 펼쳤던
등허리 휜 어떤 이의 어머니를 생각하며
행여 눈물이 나더라도
발이 저리도록 창가에 서고 싶다.
그리고
누군가의 품에 파고들어 안겨있을
햇빛 파편들의 외도도 못 본 척 해야지
어디 가지 말고 오늘은 나랑 여기에 서 있자
햇살아.

곰탱이 이장과 쥐톨이 반장

고매한 인격의 이장님
늘 맞고 다니는 아들 땜에
속 타는 냄새 온 마을에 진동했고
명색이 면장님과 독대하는 면내 유지 급
어깨 힘 철철 넘치지만
어린것들 쌈박질에 입 험하면
동네사람들 탁배기 술상에 올라
술안주 되기 십상이라 어찌 못하고
아들에게 늘 내뱉는 말은
덩치는 곰만 한 게
왜 허구헌 날 쥐톨에게 쥐어박힌다
으메 이게 당췌 뭔일이여.

산지기 이씨 아들 덩치 작아 쥐톨이
늘 반장에 공부도 솔찬히 잘하고
인사성 밝아 어른 입에 사탕 넣어주니
늘상 싹수가 될 놈이라는데
덩치 큰 이장 아들 곰탱이에
생전 인사 없이 뻣뻣하니
어른들 입에 든 사탕 뺏는 꼴.

처세 잘하면 막걸리가 공짜라
이장 앞에선 아따 그놈 장군감
장군아들 둬서 을매나 좋을까
이장 술 얻어먹고 거나하게 취해

집 가면서 정신은 멀쩡한지 두런두런
산지기 아들은 쾨끔한 게 참 당차지
크게 될껴 암만 말이면 잔소리제
핵교서 반장아닌가벼
반장이 이장을 이긴당께
요놈들 커서 뭐 됐냐
곰탱이 남의 집 벽때기 연지곤지
곱게 분바르는 도배사
곰탱이 나랏녹 먹는 꽁생원 나리
쥐톨이와 곰탱이 둘 다 내 친구.

곰소항

사는 일이 덤덤하고 싱겁다면
하얀 소금 꽃 피는 곰소항에 가보자
태양이 종일 지켜봐주길 고대하며
일기예보에 귀를 꽂고 새벽잠 설쳐
밀려오는 갯물 냉큼 잡아 가둔
소금밭 달콤한 짠 내와 짙은 갯내음이
뒤엉켜 솔밭에 내려앉은 포구

당차게 영근 하얀 꽃 속에 파묻혀
곰삭아 허물해지는 시간 견디고
제 몸 쥐어짜 여염집 찬과 양념되려
노을 진 갯벌 등지고 트럭타고 떠나는
소갈딱지 바다만큼 넓은 밴댕이가
고향을 흘깃거리는 곳
거기 곰소항이면 딱 좋겠네.

성문 ❾
두물머리

만나자던 굳은 약속이었나
두 마음이 덧없이 흐르고 흐르다
거기서 뒤섞일 운명이었나
풍진 같은 상념을 넋두리 하나 없이
내려놓은 평온한 흐름이어라.

제 색깔이 먼저라며 다투지 않고
가슴에 품은 사연은 고스란히 삭는다.
그래서 섞여도 눈 흘김 없는 게지
해 씻기고 노을 끌어안고
별과 달 제 얼굴 비춰보라며 고요하다.

하늘에 청하다

서설을 뿌리던 늦은 저녁이 사라지고
파란 지붕은 백 광목 펼친 듯 하얀데
내 짓이 아니라며 시치미 뚝 떼며
별 몇 알 띄운 하늘 내놓는다고
겨울 네 짓인 걸 내 모를 줄 아나

그러지 마라 네 계절인데
하다만 짓이라도 부끄러운 게 아니지
밤새 눈 내리는 소리에 잠자던 새들
화들짝 놀라 잠깨지 않고
세상의 찌꺼기를 숨기지 않았으니
새벽녘 잠깬 착한 청소부 비질이 쉽겠네.

남은 별 있음 다 꺼내 하늘에 걸고
별꽃 잔치라도 벌여서
곧 하루를 먼저 시작하는
저 선한 사람들 가슴에
꽃등을 달아주렴.

송야 松也

- **본명** 김효정 金孝貞
- **출생** 1962년 경기 여주
- **거주** 경기 이천
- **현재** 시몽시인협회 회원

또 하루

눈뜨니 선물이 보인다
어떻게 풀어볼까

무엇이 담겼을까
예쁜 상자 속

풀기 전에
기도한다.

행복한 느낌에
미소가 커진다.

담겨진 사연들이
기쁨을 주니

또 하루
푸른 꿈을 꾼다.

송야 ❷
하늘

밤과 낮의 하늘엔
행복이 보인다.

그곳을 향한 마음엔
꿈도 희망도 보이고

입가에
미소가 부풀어
행복도 만개하니

사람을 사랑하고
배우고 익힘으로

도약할 수 있음에
감사의 삶이 보인다.

봉사 가는 길

음악을 틀고
페달 밟는다.

피아노의 협주곡은
환상적으로 흐르고

어느덧 마음에 새가 날아들듯이
하염없이 춤을 춘다.

구불구불한 길을 달리는 옆 산엔
형형색색들이 어우러져

산자락을 더욱 더
푸름으로 드러내고

맑은 하늘가의 미소와 함께
행복이 가득해진다.

내 안의 나

나를 찾고 싶다
무지갯빛을 띈
나를 발견하듯이

내 안에
아름다운 무지개로
나를 찾으며

보는
이들의 행복을
표현하고 싶다.

축원의 기도와
고된 하루 속에도

많은 사람들이
두루 맛볼
향기를 빚고 싶다.

비 내리는 목요일

버스에 몸 싣고
차창을 바라보니
흐르는 빗물 사이로
저 멀리 미소를
훔치며

내 삶의
그림자가 비춰지고
인생 속의
파도타기 배우려고
무던히도 아팠던 날들

그리곤
익숙하게 배운 후의
짜릿함
그리고
여유 속의 나를 발견한다.

바라보는 마음

잘 익은 사랑은
넓은 초원의 들풀처럼
춤추게 하고

설익은 사랑은
옹졸함으로
내 가슴 벽에 붙었네.

넌
잘 익은 사랑
난 설익은 사랑

오늘도
풋풋한 사랑
가슴에 담는다.

내 영혼

맑은
그 소리를
듣고 싶습니다.

산자락에
맑은 물줄기 따라
씻어지길 소망합니다.

탁한 기운에 화나기에
맺히는 눈물 하나에도
미소로 바꾸고 싶습니다.

그리운 임의 향수에
꿈처럼 취하듯
간절히 품고 싶습니다.

외롭지 않으려면

사회적으로
많은 사람들의
추세라면

생각을 반듯하게 가다듬고
가치 향상을 위해
역량 강화를 하되

자신의 처지에 감사함을
끊임없이 익히고
배우며

심신을 채워주는
상생의 역할이
주어진다면

삶은
더욱 더 풍요 속에
마음을 내려놓을 수 있으리라.

아름다운 풍경의 여행

자신의 존엄과
아름다움을 지키고
자학을 즐겨라

천재보단
기적을 보고 싶어 하기에
노력을 멈추지 않고
전력투구에
새로운 주인공이 되리라.

피 끓는 감정을 느끼기 위해
질주의 푯대를 향해
힘차게 나아가라.

송야 ❿

엄마

당신의 손길에서
세상에 놓여 진 나는

사랑과 보호를 받으며
어느새 세월의 흐름대로
손에 손이 더해져
제 마음에 담았습니다.

당신을 닮아
진솔한 향수가 나듯
손 내밀 때마다
온기로 맞잡아 줄 수 있는 것처럼

인연 또한 클래식처럼
감미롭고 부드러운 만남으로

당신의 사랑이 내 안에
숨 쉬는 한
나는
마냥 행복하렵니다.

여산如坤

○ **본명** 문서진 文敍盡

○ **출생** 1962년 경남 창원

○ **거주** 경남 밀양

○ **경력**

- 시사문단, 한맥문학 등단

- 한하운 문학상 수상

- 시사문단 100호 초대시인

- 선진문학 영동평화공원 시화전출품

- 선진문학 예천 대심情미소 갤러리 시화초대전

- 선진문학 소록도 시화전출품

○ **현재**

- 밀양문인협회 회원

- 선진문학회 임원

- 지구촌영상문학회 회원

- 좋은문학 창작예술인협회 회원

- 대전 중도일보 시 부문 연재 중

- 시몽시인협회 회원

○ **공저**

- 선진문학 동인지(민들레 外 다수)

- 들뫼동인 베스트 시선 외 다수

- 제5집 시몽시문학 '산사의 밤' 외 4편(2010. 9)

- 제6집 시몽시문학 '무희의 꿈' 외 6편(2011. 3)

- 제8집 시몽시문학 '만학 천봉' 외 6편(2012. 3)

- 제9집 시몽시문학 '초록 바다' 외 6편(2012. 9)

- 제11집 시몽시문학 '달의 몰락' 외 6편(2013. 9)

가시연꽃

옹알이 아기일 때는
아마도 보슬보슬
잔털이었을 것을
세월 지난 어느 시절 즈음에는
영락없이 매서운 가시를 드러낸다.

태초의 신비로움을 빌어
습지 위에 터를 잡았겠다만
하늘 향해 양팔 벌리다 보면
어디에도 비기지 못할
보랏빛 순결이 숨어있지

인고의 세월을 지나자니
가시를 세워야 하는
지존만을 위한 사랑이라서
더없이 아름답다 하겠네.

병풍도 앞바다

내 작은 아픔이 부족하여
혹 온 백성의 눈물들을
병풍도 앞바다에 띄우다 보면
혹여 저들이 대답이라도 해줄까

이제야 몽우리 머금었는데
비로소 꿈을 키우고 있었는데
큰 아름다움 만개하기도 전에
깊은 바다 깊숙이 사라지고 마는구나.

두려움과 공포를
한 아름 안고 버티고 있음에도
하늘조차 눈감고 돌아앉았나 보다
혹한의 동절기보다 더 잔인한 걸 보면

멈추질 않는 눈물을 담고
절망에 심장이 멈춰질 현실을
가슴에 새겨 천하를 흔들어
무사귀환을 피 토하는 심정으로 외쳐 봐도
하늘은 아무런 대답이 없으니

꿈에 부푼 청마의 기운을
한 아름 안고 향기 피워야 할 사월이
이리도 잔인했음을 어디에다 하소연할까.

인생의 노래

한 시절의 바람을 타고 왔던
봄의 전령사는
어느새 뙤약볕 아래서
신생아의 손가락을 닮던
첫사랑과 이별을 예감한다.

기생의 입술 같은 빨간 장미는
주름 깔린 늙은이 모습을 하고
어린아이 솜 주먹 같던
풋내기 탐스러운 열매는
수줍은 입맞춤을 부르는
숫처녀의 유혹이 된다.

마음은 청춘이나 육신은
가을 나뭇가지의 낙엽 같으니
올 때도 티 없이 왔던 것 같이
갈 때도 모나지 않는 조약돌처럼
반질반질 다듬어서 떠나야 하지.

누군가의 목소리

마음만큼은
허공 위를 떠돌아
너의 목소리가
닿을 법한 그곳에
내 마음을
잠시 맡겨두고 왔지

네가 있는 그곳으로
짧은 메시지 날리다 보면
혹 내 마음만은
동하지 않을까 싶어서

너의 목소리가
생각이 날 때면
혼자서 술 한 잔 하곤 하지

그래서 혼자 즐기는
이 시간이 나는 좋다네.

담쟁이

어쩔 수 없는 운명이라 하여
목숨 다하여 오르고 오를지나
누구도 민폐라 핀잔치는 못 할 거네.

집안에서의 낯선 밀애는
그 잎사귀로 굳게 닫아주고
집 밖의 눈살 찌푸린 소란들은
온몸으로 막아주시게나

치열한 세월을 거슬러
이별의 날이 올 즈음에는
그대들도 나처럼
세월의 흔적으로 남아 있겠다만

사는 동안에는
아름다운 유희의 몸짓으로
험난한 억겁의 세월 위에
오색 빛 미소 한없이 뿌려야 되지 않겠나.

상사목

저리 온 몸 뒤틀린 걸 보면
수많은 세월을
어찌 견뎌냈을까 싶다.

날이 새면 생각이 나는
서러운 운명들이 화석이 되어도
작은 틈에 생존하는 생명들은
참으로 눈치가 없지 않은가

수백 년의 세월을 품은
비틀어진 가지 사이로
그리움의 낮은 비명으로
일생을 상사병처럼 불태웠다 하지

어느 계절에는
앙상한 뼈대만 남았다가
또 어느 계절에는

파릇파릇 잎사귀 머금었다가
마침내 애기 숨 주먹 같은
작은 결실도 선물하는데

죽은 듯하나
죽지 않을 그리움으로
모진 목숨 붙들고 있는 이유를
그 누군들 알기나 할까.

하얀 날개

높은 벽 뒤에 숨겨진
철면피들의 비웃음이라 하기에는
너무도 슬프고 원통했다.

비우고 비운 마음으로
훨훨 날고 싶어 하기에
지친 날개라도 접을 수가 없었다.

슬픔인지 아픔인지 모를
늘어진 버드나무 가지 위로
쏟아 내리는 소낙비는
아마도 한 맺힌 피눈물일지도 모른다.

찢어지고 짓밟히던 피 묻은 세월이
힘 잃은 나라의 비운이라 하기에는
견디기 힘들 몸서리칠 옹이로 남는다.

여산 ❽

습지

푸른 꿈 한아름
가지에 앉았을 때는
설렘이었다가

격정의 시간을
지나고 나니
무언의 몸부림만 남는다.

흐린 안개 휘감은
할 말 잃은 습지는
총칼 없는 전쟁 속에
골이 깊어
깊은 상처만 남으니

비밀을 가득 품은
잔잔한 겨울 호수 위에
차가운 숨소리만 가득하다.

꽃 무릇

무심하게 시들어질까봐
그리움과 아쉬움에 뒤섞여
실핏줄 넓게 펴고는
꿋꿋이 임 소식만 기다렸다만

그대 위한 그리움이라서
이토록 애태우다가
파란 잎사귀 피기도 전에
한마디 말없이 붉은 꽃잎 떨치려 하네.

앞서가는 뒷모습조차라도
바라볼 수가 없으니
하늘 향한 간절한 염원도 아랑곳없는
짧은 시간을 버티다가

바람에 떨어질 낙엽 될 줄 미리 알고는
뒷동산에 푸른 나뭇잎들까지
붉게 물들게 생겼구나.

오두막집

삼라만상은
오색으로 물드니
이를 바라보는 길손은
복에 겨워 할 말 잃고

광활히 펼쳐진 천상에
하얀 뭉게구름은
시절의 반란을 잠재우듯
온 하늘에 유화로 수를 놓으니

꿈과 사랑이 시작됐던
산중에 작은 오두막은
세상의 수많은 번뇌를
단숨에 삼킨 채
산하에 유유자적 좌정하였네.

예인藝人

○ **본명** 김정수 金正秀
○ **출생** 1963년 부산 동구
○ **거주** 경기 이천
○ **현재** 시몽시인협회 운영위원장

○ **공저**
- 제5집　시몽시문학　'별똥별' 외 4편(2010. 9)
- 제6집　시몽시문학　'끝자락' 외 6편(2011. 3)

나의 님

그리워 보고파도
어쩔 수 없는 인연
볼 수 없어 힘든 짐
등에 업고

그대가 그리운지
울고 싶은 눈가엔
아련한 슬픔이 맺혀
삶의 의미는 무엇일까

젖은 이슬 향기는
세상의 시선을 피할까
잡아주지 않을지언정
잊기엔 마음이 여울지네.

가슴을 울리는 커피

한 잔 술에
마음을 기대어 보건만
허무한 맘 갈 곳 없어
흥얼거려 보지만
허전한 맘 어딘들 있으리.

뒹구는 낙엽 소리
살며시 비껴가는 소리
마음마저 흔들어 놓고

식은 커피 잔에
색깔만 어우러져
부어보고 채워보지만
그 향기조차 내 마음을 알까

따뜻한 한 잔의 커피 마시며
영원한 우정의 잔을 꼭 잡으리.

이름 모를 벗에게

파도가 출렁일 때
허허로운 미소가 소리칠 때
저 너머 무지개는 손짓한다.

꿈조차 빼앗겨 버린 저 물결
성난 듯 변해버리고
꾹 삼키다 목매어 출렁이네.

못다 한 꿈, 잿빛 구름처럼
숯덩이처럼 눈물바다 되어
그대 곁을 훌훌 날개 짓하니

추억 섞인 꿈 많은 곳
떠나지 않을 그대들 곁에서
영원히 빛나리라, 벗이여!

인생이란

서럽다 말고 야속타 말라
되돌릴 수 없는 인연
당기지 마라

제 삶 찾아가는 이
허점 보이지 않을 듯
가는 인연 서럽다 마라

부표처럼 뜬 구름 같은 사랑을
상상의 끈으로 묶고
허무하다 마라

마음 하나 꽃잎으로 띄우는 풀 배
후회도 미련도 마라
인연이란 여울지는 것이거늘.

예인 ❺
허전한 마음이란

짧은 아쉬움
아름다운 시간
행복이란 끈을 엮어
멀어지는 너의 향기

짧았던 이별을 고하며
푸른 하늘 뭉게구름
아지랑이 여울지듯
고추잠자리 날개 짓하는

시간이 멈추고
세월에 묶어버린 너를
먼 훗날 행복이라는 여울목에서
재회할 인연을 가슴에 담는다.

그림자

가슴 아파 목매이듯
우두커니 너만 지켜보며
눈물로 시간을 보내고

아련히 멀어질까 두려움에
너를 보내고픈 마음으로
가슴에 멍울이 진다.

때때로 돌아보지만
희미한 그림자 하나
아련히 눈시울 적시며

영원한 동반자로
갈 길은 다르나
한 마음의 다짐으로
강물에 띄어본다.

그림자2

언제나 다정한 눈빛으로
다가와서 속삭이듯
말없이 살며시 마음속에 왔다가
이내 사라져버리는

당신은 누구인가?

희미한 모습 속에
텅 빈 마음 가눌 수 없어
바람소리에도 휘청거리고

하얀 나비는 이리저리 날다
어디론가 제 짝 찾아 날개 접어
둥지 속에 꿈을 지핀다.

먼 수평선 너머
별들이랑 꽃 얘기 피우며
나의 자리로 되돌아올 때

살며시 눈 뜨면 보이는
그대 사랑만큼
잊어질까 가슴에 새겨둔다.

커피 향에 젖어

향이 피어나는 뭉게구름
눈가에 아롱대고

이내 사라지는 하얀 꽃
잡힐 듯 말듯

향을 마시고 싶다
마음에 적시고 싶다

알알이 맺힌 열매처럼
그리운 이가 보고플 때

그윽한 향기에 젖은
따사로운 햇살 아래

아지랑이 벗 삼아
나들이 갈 때

저 멀리
지평선의 무지갯빛이 얄밉다.

타인의 마음

우리는
살아가면서
얼마만큼 행복에 젖을까

모래알 같은 알맹이
뒹굴다 지친 황금 모래밭
눈 부시는 태양 아래

작은 은빛 속살 태우며
사라졌다 돌아온 그 자리에
소곤소곤 이야기꽃 피우며

타인의 마음과 더불어
찰랑거리는 정서에 핀
고운 빛깔들과

파도에 마음 가득 싣고
돛단배의 가파른 항로에도
거침없이 오고 간다.

시간 앞에 울고

나 울리지 마세요.
떠날 때 날 울리면
하늘도 멍울만 남길 테니까요.

서러워서 울먹거리는 게 아니라
그대를 보지 못할 세월 속에서
하염없이 눈물을 흘리고 말 테니까요

그대도 내 곁을 떠날
언젠가 준비된 이별일지라도
슬픈 눈물은 흘리지 마세요.

타는 속마음은
보내고 싶지 않은 다짐인데
어느새 텅 빈 것처럼

당신을 너무나 사랑해서가 아니라
그대 없인 못살 것 같은 아픔 때문에
정녕 날 울리지 마세요.

유심 流沁

○ **본명** 백승훈 白承勳
○ **출생** 1961년 부산 중구
○ **거주** 서울 강북구
○ **현재** 시몽시인협회 회원

○ **공저**
- 제10집 시몽시문학 '기다림' 외 6편(2013. 3)
- 제11집 시몽시문학 '올엄니' 외 6편(2013. 9)
- 제12집 시몽시문학 '겨울은' 외 7편(2014. 3)
- 제13집 시몽시문학 '우리딸' 외 6편(2014. 9)

유심 ❶
비와 맨 바람

힘을 쑥 뺀 하늘
몇 걸음 물러나 있는 태양
중력에도 그저 떨어지는 바람

비를 기다리지만
무딘 하늘은
멍하니 먼 산만 바라본다.

얇은 구름을 젖히지도 않은 채
그나마의 햇살도 거두어 가버리자
그제야 숨통을 트는 바람

저 아랫동네에서
비를 탈탈 털어버린 그 바람은
맨입으로 휘휘 소리만 지르며 간다.

유심 ❷

봄이 짧은 이유

이제 막 오는 봄에서
숨어들어 온
여름을 봅니다.

항상 이랬어요.
그네들의 성격인지
본래 그래왔던 것인지

앞서가는 계절마다
자기네들을
몰래 심어서 보내요.

봄이 만만해서 그런 건지
겨울도 뒷발을 망설이고
여름은 대놓고 끼어들어요.

앞 뒤 계절들이
휘젓는 틈바구니에서
봄이 정신을 차릴 땐
꽃잎까지 모두 떨군
다음이라니까요.

나에게서 당신까지

시간이 별처럼 흘러도 좋았다.
몇 천 몇 만 년씩
그 자리에서 굼떠도
불편하지 않을 것이었다.
아무러면 어떨까.

우리들이 생각하는 시간은
틀 속의 작은 먼지
빛보다 몇 배 빨리 달려도
당신이란 존재 앞에 드리우는
그림자의 시작도 아닌 것

시간과 심지어 공간도
당신을 넘어서지 못한다.
그냥의 존재 내 속에 살아서
긴 시간을 머금어도
다 채우지 못하는
그 이상의 가치를 지닌 존재
둘이면서 단 하나의 의미인 것이다.

아무런 불편이 없을 당신
까마득히 불편한 나
거추장스러운 것들
모두 걷어 버리고
자유 안으로 들어간다.

생각이 버텨주는 공간의 끝까지
인간의 시간이 따르지 못하는 그곳에
당신이 있고
거기까지 내가 있다.

유심 ❹
모처럼 비

삶을 일구던 땅이
되래 생명을 갈라내다가
어느 순간 소스라치게 놀라
가슴을 쥐어뜯었다.

아무렇지 않은 듯 했어도
절실한 게 목숨이었던지
야속하기만 하던 하늘이
그제야 눈곱만큼 열렸다.

펼쳐 봐도 끝이 보일 듯
단숨 거리인데도
그 안에 모여 있는 삶들은
그저 하루하루 살기에 바빴다.

모처럼 비는 그렇게
세상에 나오자마자
별 소리를 다 들어가며
조곤조곤 내려주었다.

유심 ❺

빈자리, 그리고 당신

가슴속에 다져 놓았던 추억들이
보풀보풀 일어난 아침
습기 빠진 바람이
새털처럼 하늘을 누빈다.

사람들이 아무리 아우성쳐대도
계절들은 늘 그래왔듯 묵묵히
그들의 시간으로
분갈이를 준비한다.

세상이 흐르는 그곳에
안타까운 그리움이 지나간 그 자리에
내 기억이 닿는 그날까지
지정석으로 남아 있을 빈자리

내가 좋아하는 하늘과
사람들이 싫어하는 세월과
그 틈새를 채우는
삶의 향기와 똑똑한 햇살

그리고 당신.

유심 ❻
가을 걸음

요 며칠
햇살이 찰지더니
그 바람에
하늘도 조금씩
여물어 갑니다.

올망졸망 자잘한 구름도
한 뼘씩 올라가는
파란 높이를 따라잡으려
잰 걸음 분주합니다.

일상도 머금어 가는
넉넉한 가을걸음.
더불어 세월 엮어가는
수절 꼬맹이의 코고는 소리도
슬그머니 한 몫 거듭니다.

유심 ❼
깻잎 한 장

인천 신도에서
해풍에 맞서가며
정성으로 겹겹이 담겨지고
수원의 손맛으로
촉촉하게 다시 태어난 깻잎.

맛만 보려고
한 장 떼어 먹다가는
주방에 선 채로
밥 한 그릇 그냥 비웠다.

무언가 울컥거리는 것도 같고
그리운 내음이
솔솔 나는 것도 같아서
눈두덩 빨개지는 것도 모르고
볼이 터지도록 우걱우걱 먹었다.

내 주머니와 보석

계절을 숱하게 갈아 치우며
거친 호흡으로 살아오면서
가치 있는 것이 과연 무엇일까
생각도 가끔 했다.

기억에 차고 넘치도록
수많은 사람을 스쳐 지나오면서
내게 필요한 사람이 누구일까
어쩌다 한두 번은 생각한 것도 같다.

퍼질러 앉아 양말 맘 편히 괜 적도
잠 한 번 늘어지게 잔 적도
주변에 피해줄까 그저 나를 단속하며
그렇게 살았던 것 같다.

잘 찾아서 넣었다고 생각한 보석이
볼썽사납게 삐죽이 튀어나와
가까스로 매달려 덜렁거리다가
기어이 땅에 떨어진 것도 모른 채.

정작
내 주머니 크기도
몰랐던
나.

남겨둔 사랑 짓기

굴곡진 시간의 능선을
뒹굴듯 구비쳐 흐르다가
모래톱에 간신히 멈춰
거칠어진 숨을 가다듬는다.
얼마만큼이나 떠내려온 것일까.

노을 지는 하늘을 바라본다.

발 디디면 또 다시 흘러갈
삶의 파도 앞에서
이제는 마지막일지 모를
가슴에 남겨둔 하나의 사랑을
비로소 지을 준비를 한다.

세상을 바꾸는 힘

비가 오더군요.
이따금은
옆으로 내리기도 했어요.
우산을 잡아채기도 하고
멀쩡한 우산살을
두 개나 분지르기도 했어요.
그냥 비가 오는가보다 했죠.

여느 때보다 추웠어요.
자다가 몇 번씩 깨기도 했어요.
설핏 정신이 들었을 때
옷을 하나 더 입을까도 생각했죠.
예보에는 없었는데
비가 또 내리는 줄 알았죠.

봄 날씨란 게 혹시 몰라서
단단히 차려 입고 나섰더니
바람이더군요.
창문을 간간히 잡아채기에
비가 오는 줄 알았나 봐요.
하늘땅을 뒤집을 듯이 난리를 치네요.
세상을 바꿀 것처럼 말이죠.

유 영 儒永

- **본명** 김명훈 金明勳
- **출생** 1965년 전남 해남
- **거주** 경북 영천
- **현재** 시몽시인협회 회원

○ **공저**
- 제6집 시몽시문학 '바닷가' 외 6편(2011. 3)
- 제7집 시몽시문학 '모닥불' 외 6편(2011. 9)
- 제8집 시몽시문학 '오솔길' 외 6편(2012. 3)
- 제9집 시몽시문학 '얼음꽃' 외 6편(2012. 9)
- 제10집 시몽시문학 '고드름' 외 6편(2013. 3)
- 제11집 시몽시문학 '어머니' 외 6편(2013. 9)
- 제12집 시몽시문학 '인생길' 외 7편(2014. 3)
- 제13집 시몽시문학 '늦가을' 외 6편(2014. 9)
- 제14집 시몽시문학 '그리움' 외 6편(2015. 3)

유영 ❶

마음

산허리 길게 드리워진 하얀 연무는
곱게 핀 새싹 포근히 안고
빗방울과 함께 따뜻하게 대지를 적시듯

너와 내가 사는 세상
좀 더 웃는 일 많았으면 좋겠고
사는 동안 마음으로 함께하며

즐거움 같이 나누며
저 산등허리 깊게 드리워진
엄마 품 같은 자연과 더불어

진실한 마음으로 함께
즐거운 마음으로 함께
기쁘게 사는 세상을 만들고

우리 살아가는 삶 속에
욕심과 질투, 시기와 화냄을 내려놓으면
늘 함께 한 시간이 행복할 뿐 아니라

내리는 비만큼 즐겁고
피어나고 파릇한 새싹만큼 사랑이 있으니
이것이 너와 나의 사랑이어라.

단비

휘날리는 구름 사이로
눈물샘 터는 하늘

사월과 함께
대지를 촉촉이 적시니
만물이 생동함이라

연푸른 새싹들의 손짓
봄 처녀의 유혹도 멀지 않는데

하 시절이 이러하니 무엇으로 삶의 흐름을
삽으로 괭이로 막으리오.

나 잘나 사는 것 아니요
나 혼자 사는 것 아니라
서로 함께 아름다운 생을 위해

부족하면 채우고
넘치면 나누는
단비의 고운 정만은 잊지 마오.

유영 ❸

여정

고요한 안개
한없이 늘어뜨리며
지나온 세월 집어 삼키듯
여정으로 감싸는 이른 아침

바닷가
여인의 마음속에 잠기듯
조심스레 걷는
그 모래 위에

첫 발걸음 뒤로
메아리치듯 길게 늘어선
아련한 그리움들
내 마음의 여정이 다시 올까.

유영 ❹

작은 미소

풀숲 작은 기지개 몸짓에
새파란 입술 삐죽이 내밀며
잎새 사이로 작은 미소가 보인다.

지친 영혼과 함께 다가설수록
조용히 바라보는
변화무쌍들

그러나 변함없이
반겨주는 이 없어도
긴 세월 향해 웃음꽃 피우리라.

아름다운 삶

보고 또 보아도
행복의 나래를 활짝 핀
너와 나의 삶

살아온 세월
흘러간 시간
소중히 간직하며

쏟아지는 장맛비가
한낱 물이라는 생각보다
소중한 생명이라는 다짐으로

에메랄드 빛 같은
파란 하늘의 미소처럼
아름다운 삶 꾸리고 싶다.

빗소리의 사랑

귓전을 두드리는
빗방울 소리와 함께
떨어지는 그리움과 환한 모습

새벽 문틈으로 다가오는 바람결에
어제의 지친 눈 깜박이며
언덕 너머 너의 영상 그려 본다.

아직 덜 익은
풋내음 젖어드는 모습으로
내 가슴 적시는 당신은 누구인가

습작도 하지 않은
도화지 위의 지울 수 없는 사랑 같은
그리운 열정이 빗물타고 흐른다.

나팔꽃

머금은 이슬에 고개 숙여
나팔꽃 웃음을 보았나요.

가녀린 몸에 애써 힘 실어
억지로 일어서지만

새벽녘에 스러져 가는
애처로운 모습은

작은 시련에 흔들리는 영혼
누구나 한번쯤 겪을 일들이지만

살아 있기에 내일을 향해
오늘을 살고자 하나요.

지나간 어제를 돌아보는 건
오늘을 좀 더 가치 있는 삶 보내고자 함이요

열정과 희망을 향해
당당하게 일어서고자 할 이유입니다.

유영 ❽
오솔길

푸르게 빛나는
고향 가는 길

작은 숲 속
별과 산책을 즐기며
거닐고 싶은

꽃과 정원 드리운
정겨운 마을 길

걷다보면
때론 고요하고
쓸쓸함이 흐르네.

유영 **9**

어머니

갈라지고 벌어진
틈새 사이로

까칠하지만 고우신
따뜻한 손마디

눈물 머금으며
굳은 손으로

곤히 잠든 머리를
살며시 어루만져주신 어머니

철없던 그 시절
눈물로 닦아주시고

늘 자식 생각에 잠 못 이룬
당신을 사랑합니다.

소망

삶의 진리
마음 눈 밝히고
뜻대로 이룰 수 있는

작은 꿈
깨닫는 사랑
일상의 우아한 향기

나쁜 일 보다
좋은 일이
더 많은 세상을

검소하게 살아 달라는
애잔한 소망을
가슴으로 노래합니다.

장포匠佈

○ **본명** 박성대 朴成大

○ **출생** 1954년 경북 영덕

○ **거주** 본향

○ **경력**

- 좋은문학 시부문 신인상 등단

- 좋은문학 작가회 이사

○ **현재**

- 한국문인협회 회원

- 시몽시인협회 회원

○ **저서**

- 제1시집 흙담장(2008)

- 제2시집 외로운 뻐꾹새(2013)

- 제3시집 마음의 창을 열고(2015)

- 제4시집 타이어 같은 인생(2016)

- 제5시집 생각을 투자하다(2018)

○ **공저**

- 별을 찾는 이 행복하다

- 경계 / 달 / 춤추다 / 자화상

- 제4집 시몽시문학 '봄의 노래' 외 4편(2010. 3)

- 제5집 시몽시문학 '새벽 숲속' 외 4편(2010. 9)

- 제6집 시몽시문학 '강아지 풀' 외 6편(2011. 3)

- 제10집 시몽시문학 '삶의 현장' 외 6편(2013. 3)

- 제11집 시몽시문학 '계절의 꿈' 외 6편(2013. 9)

- 제12집 시몽시문학 '내 가슴에' 외 7편(2014. 3)

- 제13집 시몽시문학 '타는 가슴' 외 6편(2014. 9)

- 제14집 시몽시문학 '아침 햇살' 외 6편(2015. 3)

임도길

톱 소리에 멀리 돛을 달듯
나무들은 놀란 몸짓으로
숲속에서 사방을 살피다
덩달아 쓰러져 버린다.

나무 아래
나누어 가질 수 없는 처지기에
혼자 오래 삭힌 마음처럼
순간 반짝이는 햇볕 타고
하염없이 도망쳐 버리고 싶다.

수백 년을 지켜오면서
심지를 내린 터전에
어디선가 정신 나간 소리에
가만히 고개 떨쳐 버린다.

나무는 이렇게
따뜻한 온기와 함께
성찬의 아침을 맞이하고파
푸른 하늘을 마음껏 마시고 싶다.

그대

겨우내 손발처럼 뭉친
아픈 가슴 다 낳았소.

올해도 된장 담을
그대 손이 그립소.

흙 담장 위로
박꽃이 달빛에 비쳐보고 싶소.

사랑하는 이여
진달래 꽃봉오리가
당신의 얼굴처럼 피어나고 있소.

새잎 돋는 바람소리 들으며
그림자에 새롭게 보이고 있소.

아픈 목도 다 나았기에
맑은 하늘을 보고 소리치고 싶소.

층층이 날려 오는 봄바람 타고
멀리 여행이라도 떠나고 싶소.

꽃씨봉지 속에 깜박이는 씨앗처럼
가볍게 깨어난 꿈만큼 뒹굴고 싶소

아름다운
그대.

하늘과 바다

아늑히 바다가 내려 보이는
휴양림 산꼭대기에서
염원의 고향 그리듯
그곳을 바라보는 내 마음
바다와 하늘이 되고 싶다.

오랜 세월
바다를 염원하며 사는
사람들의 가슴속에
잔잔한 호수가 펼쳐지고

그리움으로 설레다
가까이 서 있는 나무들과
웅크림에 놀라
두 눈 깜박거리며

아늑히 푸른 꿈을
아름답게 펼쳐보려고
가까이 주고받는 환한 미소 속에
삶의 꽃이 피어나길 염원한다.

숲속의 찬미

숲속 사이로 거닐다 보면
나뭇가지에 푸른 생각 걸어놓고
층층나무와 대화를 나누며
나무처럼 땅 위에 솟구치기 않도록

울창한 숲속 산새들
그 뒤를 따라다니며
갖은 빛깔과 모양새를 덧칠하면서
짧게 때로는 길게 산바람을 휘어잡는다.

온 세상 움켜잡듯 땀방울 속으로
눈을 크게 뜨고 흩어보면
산이 주는 고마움 깊이 새기련다.

바람이 나부끼는
나뭇잎 흔들림에
때로는 나는 가벼운 홀씨가 되어버린다.

숲속의 합창

산새들과 함께
휘어지고 굽이치는 계곡물 소리 따라
한 뜸씩 허공을 바라보면
푸른 하늘이 느긋이 내려앉는다.

산들바람 되돌아올 때
매미소리 숲속의 장막을 깨우치니
풀벌레소리도 덩달아 합창을 한다.

흔들리는 잎새
한그루 나무사이로
그저 바라만 볼 뿐
능선을 타고 흘러간다.

실바람 흔들리는
주름 사이로
얼음병처럼 풍겨지는
땀방울의 이별처럼
마냥 떠나버리고 싶다.

장포 ❻
체증

어지럽고 숨 막히는 통증
해묵은 혈맥 속으로 꿈틀거리니
짓누르듯 뭉쳤다
헤쳐 나가 뒹굴고 만다.

소상혈 침으로 흔들어주니
무덤에서 빠져나온 듯
어두운 피가 맴돈다.

휘청거리는 침 움직임이
몸속을 흔들어주니
깊숙한 비밀 문이라도 열어주듯
트림이 길이 열어주니

햇살도 소스라치게 몰려나와
붉게 타오르는 자연 속으로
감추어준 미소처럼
아지랑이처럼 되살아난다.

산에서

찌는 땀방울 흘리어
생업 달린 산에서
터전은 일등을 달리고 있다.

이슬 찬 산길 지나다보면
이슬 먹은 풀잎 밟듯
꽃들의 머리 위를 걸어서간다.

곤한 잠에 빠진
산비둘기 푸드덕 날갯짓하면
숲속의 낮은 산새들도
참나무 그림자 속으로
산바람 타고 유유히 사라진다.

반짝이는 햇살 사이로
솔바람 머물다가
뒤밟아온 세월들이
내가 펼쳐 사는 동안
아늑히 흘러갈 뿐이다.

장포 ❽
산길

충충나무 숲으로 풀 향기 풍겨져오니
산새소리 요란스럽게
떡갈나무 발끝을 적서가며
개울물소리 산모퉁이 휘저어온다.

짙은 녹음으로 엉킨 듯
햇빛 아래 거미줄 능선 오르다
문득 소나무 부르는
끝없이 펼쳐진 산그늘 속에서

새소리 물소리 화음 되어
짙은 녹음사이로 울러 퍼지면

연초록 참나무 끝에
산바람 흔들림 타고 달려와
지나는 흰 구름도 되돌아보듯
계절의 흔들림에 솟구쳐 본다.

땀과 전쟁

장마 뒤 무더위
땀과 전쟁이듯
못 안의 개구리밥 무리 속으로
유심히 가까이 보인다.

흔들리는 떡갈잎사이로
땀방울 속에
진정 여름의 진미를 느껴본다.

새들의 노랫소리
머리위로 흰 구름 떠가니
한 뜸 씩 허공을 짚고 간 자리에
느긋이 갈잎도 흔들어준다.

실바람 흔들리는
주름진 나뭇가지에
방울방울 떨어지는 땀들이
삶과의 전쟁이기도하다.

새끼노루

새벽이슬 밟으며
과수원 풀을 베니
한칼에 쓰러지는 무리들

쑥대밭이 깨끗이 이발이라도 하듯
말끔히 뒤 따라 온 햇살도
거미줄에 반짝인다.

음침한 풀 속에
새끼노루 풀 속에서 나오고
톱날 끝에 다른 한 마리 상처를 입었다.

어찌하나 어미는 숲속에서 보고 있는데
치료를 할까 망설일 때쯤
숲속으로 사라져버렸다.

뜨거운 햇살
매미소리 구슬피 들려
자꾸만 눈에 아롱거린다.

천명 天銘

○ **본명** 김광선 金光銑

○ **출생** 1962년 전북 익산

○ **거주** 전남 목포

○ **경력**

- 사단법인 창작문학예술인협의회 대한문협 시 등단

- 대한문인협회 향토 문학상 수상(2011)

- 대한문인협회 전남북 홍보국장

○ **현재**

- 대한문인협회 회원

- 시몽시인협회 회원

○ **다음블로그** 천명 김광선 서재

○ **공저**

- 대한문학세계 '장독대 연가' 등 다수

- 제4집 시몽시문학 '들꽃' 외 4편(2010. 3)

- 제5집 시몽시문학 '입덧' 외 4편(2010. 9)

- 제6집 시몽시문학 '침묵' 외 6편(2011. 3)

- 제7집 시몽시문학 '민족' 외 6편(2011. 9)

- 제8집 시몽시문학 '때론' 외 6편(2012. 3)

- 제9집 시몽시문학 '민족' 외 6편(2012. 3)

- 제10집 시몽시문학 '그곳' 외 6편(2013. 3)

- 제12집 시몽시문학 '심혼' 외 6편(2014. 3)

소치의 자린고비

모두 노안이 들었다면
투시경이라도 주고 싶은데
질투의 화신이었을까

빙판에 범벅된 땀방울에
각질이 벗겨지었을진대
긴 세월 허망하게 무너졌네.

공주야!
우린 알거든 너를
진정 보배라는 걸

훗날 역사는
진실을 말할 거야
소치는 자린고비라고.

홍조

가을 단풍처럼
아름다운 박장대소에
실핏줄 솟아오를 때도

가장 좋은 안주인
인 꽃에 물들여진
탁배기 한사발도

첫사랑에 설렘처럼
연인의 눈빛에 홀린
풋사랑에도 좋다지만

싫은 척
내 치부 감추려다
들통난 홍조 지우고파.

천명 ❸

애기 봄

두꺼운 딱지에 억눌려
시리디 시린 자궁에서
꿈은 포기할 수 없어
샛노란 신음만 기다렸다.

틈바구니마다
산고의 혈흔을 적셔
녹아내린 애기들 노래가
역동의 바람을 타고

아지랑이에 탯줄은 말라
앙증맞은 연둣빛 향기
대지에 흐드러지면
고사리 손 내밀겠지.

고적한 밤

은하계마저 숨죽인
칠흑 같은 밤이 오면
고요에 소스라치듯
애련으로 다가와
구석구석 애무를 한다.

심야의 서정 앞에
그토록 메아리치면
허전한 가슴속에
그리움만 사무쳐
소리 없이 흐른다.

얼룩진 수채화엔
시든 꽃망울만 남긴 채
애증의 교차로에 서성이며
갈팡대는 고적한 밤이여.

천명 ❺

그땐 왜 몰랐을까

분주한 일상에 쫓겨
언쟁의 소용돌이 속에
생채기 채 아물기도 전에
돌고 도는 일상이 싫어
황혼을 탁배기로 씻었네.

휘영청 달빛 벗 삼아
비틀거린 내 모습에
처연히 고배를 삼키며
사명의 버팀목 숙명인 양
쪼그라든 족쇄 던지려고
거친 한숨으로 바동댔네.

모든 고뇌 홀로 짊어지고
가파른 여정인 줄만 알았는데
번뇌의 가슴앓이 다독이다
고적한 새벽 문전에서야
그땐 왜 몰랐을까.

절름발이

절망의 늪은
마음에 있는가 보다

가족의 지대한 사랑도
지인의 심심한 위로도
아닐지 모를 일이다.

내일 여명처럼
언젠가 병동을 뜨니
웅비의 날갯짓하며

부활의 희망 찾아
영혼을 키워 가며
비시시 웃는 날 있겠지

하여 오늘도
역사의 한 페이지에
고요히 혼 불하나
내려놓으려네.

퇴색된 향기

정점의 세월은
전설을 외면한 채
물거품처럼 사라지니

쓸쓸히 나뒹굴다
소외된 구석에서
묵언의 노랫가락

뇌리엔 분명 또렷한데
섬세한 손 끄트머리에
투박한 설움이 무상하다

퇴색된 향기에
그리움만 남긴 채
체념 아닌 체념을 한다.

그래도
그래도.

가냘픈 함성

열정의 생명이
정렬을 태우고
붉은 꽃을 피웠건만

풍파에 휘둘린
억새가 항쟁하듯
안간힘 겨뤄 보지만

끈질긴 질경이처럼
무던히 버텨본들
집념은 무너지고

속절없는 현실 앞에
파르르 떨어대며
가냘픈 함성만 메아리친다.

가을의 서곡

따가운 갈바람이
온 대지를 녹일 때
초야는 영글고

스산한 산야에 물들인
새아씨 볼처럼
불그스레한 미소가 핀다.

성미 급한 낙엽 하나
여울에 떨어지면
귀뚜라미 쪽배를 타고

서걱대는 산천 유영하며
귀뚜루 장단 맞춰
연인의 정은 깊어가고

길손의 가슴엔
허전한 서정만 남아
정취에 흠뻑 취한다.

문학은

삶의 인고를 토해
느낌표마다 깃든
작가의 영혼을 담아

명작의 고뇌는
감동의 산물 안고
영적 공감의 표출이다.

남긴 흔적에는
자유와 책임이 공존하는
만감의 철학일 것이다.

작가는
삼라만상을 품어
그의 혼 불을 접하며

흉내를 낸다 한들
그 영감을 훔칠 수 없기에
창작은 독특한 참맛일 것이다.

천안泉安

○ **본명** 김영진 金永晋

○ **출생** 1962년 전남 목포

○ **거주** 충남 천안

○ **현재** 시몽시인협회 사무위원장

매팔자

팔자 좋은 놈
좋아서 웃는다.

팔자 나쁜 놈
안 믿는 척 웃는다.

세상 위협하는 썩을 팔자
유령이 분명이구나.

공익광고

세상 만드는 신의 기술
재밌게 따라하는 사람

아름다운 공익의 세계
세뇌의 못 가슴에 박히고

머리에 정리정돈 되니
금방 건설한다.

솜망치 쇠망치에
젊은이들의 배움이 즐겁고

늙은이들 권위 없는 세상일지라도
평화로워라 아름다워라.

변명을 위해

타로 점을 봤다.
세 장, 한 장 더
여자 입신의 소리
듣는 대로 알겠지만
낱말들 다 듣고 나서
느릿느릿 일어서는
내 모습 씁쓸하다.

키 쓰고 부엌 바닥에
쪼그리고 앉은 어린 나
산대 잡은 엄마에게
악쓰며 소금 뿌린 무당이
피식, 웃는데

소리치며 솥뚜껑 던지는
엄마 모습 떠오른다.

오늘도 산다

묵은지보다 더
익은 생각 덩어리

좋은 말 하나 찾으니
조각조각 흩어져 의미 없네.

좋은 말
나쁜 말

한 세상
쥐뿔 없이 속지 말고

생애를 함께한 생각으로
늘 고마워하면서

나를 살리는
소중한 일상.

사람

혈관에
술이
더 많으면

흔들의자에
파묻힌 다른 사람
흔들흔들 웃네.

쇠꼬챙이에
가슴 찔려 우는데
눈물이 없지만

아린 가슴
피 말린 세월
숯덩이 되었네.

사람2

허접한 시간 옆에도
사람 있다

사람 속에서 살아가며
웃다가

그러려니 사심 없이
울고 싶다

자유롭게 울고 웃는
그런 사람 좋더라.

안간힘 쓰며 웃네

가깝다고 1월을 비웃더니
맨 끝 12월이 버겁구나.

분기탱천 광기는
귀 울음의 숨구멍에 쏟아지고

뼈마디 우는 소리
숨을 곳 없어

설핏설핏 기웃대다가
세상 무딘 척 웃고

오그라든 걸레 쪼가리 같은
설움에 젖어 깔봐도

내일의 단맛을 꿈꾸기에
피식 웃는다.

천안 ❽
시간

시간 없다
소리 없이 간다.

십만 팔천 사백 마흔 두 번째
전쟁 중에도 시간은 갔다.

시간 타고 가는
이 있으니

시간이
참 빠르다.

가래침 얼어 죽다

하늘에다 처바르고
땅에다 짓이긴
추악한 것이
진득진득 채 마르지 않았다.

길바닥 위에 엎드려 위장하니
한파에 동사한들
깨끗한 물에 씻기는
참 복이 있을까

혹 봄비에 사라지거든
널 위해서는
기어코 살지 말기를
진정, 한마디 한다.

새봄

모두가 힘들다고
말들 하네요.

당신도 그렇다면
문을 닫으시고

그냥 삽이랑 곡괭이
질질 끌고서

삶의 욕구 꿈틀거리는
새봄 마중가세요.

춘곡 春谷

○ **본명** 김광섭 金光燮
○ **별명** 향풍 鄕風
○ **필명** 철마 鐵馬
○ **출생** 1962년 충남 청양
○ **거주** 충남 공주
○ **현재** 시몽시인협회 회원

○ **저서**
- 제1시집 '맑은 물이 고운 모래 사이로 흐르는'(2008)

○ **공저**
- 제1집   시몽시문학 '못다' 외 5편(2008. 9)
- 제2집   시몽시문학 '낭띠' 외 6편(2009. 3)
- 제3집   시몽시문학 '인생' 외 6편(2009. 9)
- 제4집   시몽시문학 '금강' 외 4편(2010. 3)
- 제8집   시몽시문학 '춘우' 외 6편(2012. 3)
- 제9집   시몽시문학 '제민천' 외 6편(2012. 9)
- 제10집   시몽시문학 '님의 길목' 외 6편(2013. 3)
- 제11집   시몽시문학 '줄다리기' 외 6편(2013. 9)
- 제12집   시몽시문학 '하늘에서' 외 6편(2014. 3)
- 제13집   시몽시문학 '봄비' 외 6편(2014. 9)
- 제14집   시몽시문학 '그리움' 외 6편(2015. 3)

내가 무엇 하며 살꼬 하니

초야에 묻혀 산다하여
바보로 여겼더냐.
먹을 것 탐하고 좋은 것 가졌다고
다 인간이라더냐

물 한 모금 마시고도
하늘 한번 쳐다보며
이치를 생각해야
비로소 만물의 영장이거늘

비뚤어진 마음에
더러운 고집부리는 그대는
초등학문도 깨우치지 못한
우양과 진배없는 자로다.

내가 무엇 하며 살꼬 하니
바람과 물과 산야와 더불어
하늘을 노래하며 살란다.

대추나무에 걸린 비닐 한 조각

우리 동네 길 어귀
대추나무에 걸린 비닐 한 조각
나풀나풀 손짓하는 님의 손수건인가
바람이 배달해준 님의 편지인가

요즘 따라
우편배달부는 얼음판에 썰매 미끄러지듯
내 집을 그냥 지나가고
새벽의 까치도 짖지 않는구나.

님의 마음의 문 굳게 닫아
비집고 들어갈 틈이 없어
문밖에서 서성인지 오래 되었네.

예전처럼 우울증도저 삶의 끈 놓으려
창문 닫고 혼자 울지는 않았는지
살고는 있는지
님의 소식 기다린 지 오래건만
무소식이 희소식이려니 하며

님을 향한 내 마음의 끈을 놓지 않으려
내가 당신 사랑할게
비닐에 쓴 편지를 대추나무에 또 걸어놓는다.

춘곡 ❸
비오는 날이면

비오는 날이면
재래시장 뒷골목
허름한 술집
알미늄샤시 문 여닫는 소리가 삐거덕
시끄러움에 맨날 문 열어놓는
쥔장 할머니

바닥은 질척하고
냄새는 풀풀
손님이라곤 할아버지 몇 분
파전에 탁배기

아~
오늘은 거기서 젖어 보련다.

많이 바쁜가보오

많이 바쁜가보오
바쁘다는 건 좋은 거지요
하늘에 떠 흘러가는 구름도 보고
바람에 흔들리는 나뭇가지도 보면서
건강도 챙기며 조금은 살살 살아봐요
나중에 아주 나중에 파고다 공원에

지하철 환승역에서 달려야만 했을 만큼
바빴던 친구나
버스 한 대 그냥 보내고 다음 차 기다리며
책을 볼 마음에 여유를 가진
덜 바빴던 친구나

퇴행성관절염에 다리 질질 끌고
모두가 똑 같이
알 다 낳아서 털 빠진 노계老鷄처럼
피골이 상접한 모습으로 벤치에 앉아
먼저 간 벗을 그리며
가지런히 쌓여진 담장만 쳐다보고 있겠지요.

구름 속에 숨은 달

저 구름 속의 달아
내 주님의 소식 전해주기 싫어
너마저 숨었더냐.
마음이 저려 더는 세상 살지 못하겠거늘
오시마! 한 님 그리며 마신 독주야!
너마저 내 속을 뒤집어 놓았구나.
님을 생각하며 거닐던 이 거리 지날 때
님의 생각이 뼈에 사무치는데
혹한의 바람마저 뼈 속으로 파고드는구나.

우체함에 기쁜 소식 기대하였거늘
야속한 배달부는 내 마음도 모르고
허접한 광고물만 잔뜩 놓고 갔구나.
하기야
님의 소식 전해줄 수 없어 달마저 숨었는데
배달분들 몰래 왔다가지 않았겠니.
내 님이 너무 깊이 숨었고.
내 마음 문 굳게 닫혀있으니
내 세상은 여전이 혹한의 겨울이로구나.

밤에 짖는 까치

야심한 밤 초겨울비가 조용히 내린다.
따듯한 아랫목
족발에 소주 한 잔 개심치례한 눈
심장은 쿵쾅쿵쾅
창문 밖 잎 다 떨어진 은행나무 가지에서
까치들이 시끄럽게 짖는다.

반갑게 올 손님도 없는 것 같은데
아마 까치도 님 그려 한잔 했는가보다.

춘곡 ❼
갈대

여름에 만난 님
청치마 섬섬옥수 고운 님
뽀얀 손을 흔들며
날더러 오라 하더니

가을에 만난 님
해 넘어가는 석양에
희어 빠진 머리 수건으로 감싸더니
베옷 입고 하얀 손 흔들며
내 곁을 떠나야 한다네.

왔다가는 가고
갔다가는 오는 것이라고 하지
님 보낼 때마다 내 마음에 찬 서리가 내림은
님들 마냥 미련 없이 왔다가는 그냥 가야 하거늘
아마도 내가 세상에 미련이 많이 남아 그런가 보오.

초가을이 혹한의 겨울이로구나

늦은 밤 네 병 술에
통기타 음악은
울고 싶은 내 가슴을 더 찢는다.
떠난 님 그려 잠 못 드는 밤
잊어야 하는데
잊어야 맞는 건데
새 사람을 만나자 하여도
사이에 벽이 드리웠구나.

날이 갈수록 새록새록 내 기억 속에서
싹트는 그 님
오늘도 까만 밤 하얗게 지새게 한다.
님의 행복 빌어주건만
내 가슴은 왜 이리도 시린 건지
초가을이 혹한의 겨울이로구나.

눈이 하얗게 내렸다

늦은 저녁
술 한 잔 먹는 중 밖에서 들려오는 소리
먼일인지 싶어 나가보니
어느 샌가 눈이 내려 세상을 하얗게 덮었다.
머리 허연 노인장 눈 치우는 소리였구나.
우리 집 골목까지 말끔히 밀어놨네
난 눈 안 치우는데
일부러 눈 밟으러 평창 동계 올림픽에도 가는데
거저 내린 눈 밟는 재미도 쏠쏠한 것을

가을이면 낙엽 밟는 재미
겨울이면 눈 밟는 재미
여름이면 풀 밟는 재미.

찌푸린 하늘

하늘은 뭣 때문에 부에가 났는지
심통 부리는 어린아이 표정처럼
잔뜩 찌푸리고
눈물이 금방이라도 뚝뚝 떨어질 것처럼 우중충하다.
잘 알아서 비 와야 할 때 비 오고
오죽 잘 알아서 눈 와야 할 때 눈 오겠냐만
배추 값 비싼 걸 보면
인간이 원하는 것과는
하늘의 생각이 사뭇 다른 것 같으니
오늘도 하늘의 처분을 기다리며
찌푸린 하늘을 바라만 보고 있다.

함초 菡草

- **본명** 신옥심 申玉心
- **출생** 1961년 전남 목포
- **거주** 서울 성동구
- **현재** 시몽시인협회 회원

○ **공저**
- 제4집 시몽시문학 '친구란' 외 4편(2010. 3)
- 제5집 시몽시문학 '그대의 우체통' 외 4편(2010. 9)
- 제6집 시몽시문학 '불나비' 외 6편(2011. 3)
- 제7집 시몽시문학 '그리움' 외 6편(2011. 9)
- 제8집 시몽시문학 '무궁화' 외 6편(2012. 3)
- 제9집 시몽시문학 '사랑 핀 들녘' 외 6편(2012. 9)
- 제10집 시몽시문학 '다가와' 외 6편(2013. 3)
- 제11집 시몽시문학 '바보같은 사랑' 외 6편(2013. 9)
- 제12집 시몽시문학 '나의 아침' 외 7편(2014. 9)
- 제13집 시몽시문학 '마음바다' 외 6편(2015. 3)

함초 ❶
설화

초록의 잔해 사라지고
추위에 웅크린 앙상한 산사

은빛 안개에 싸여
넉넉하게 눈이 부서진 후
어둠이 밀려오면

달빛 향기에 취해
빈자리에 짧고 포근한
밀어를 즐기며

붉게 타오르는
여명에 욕정 불태우며
말없이 사라져 간

슬픈
운명의 꽃.

함초 ❷
가을 잔치

봄날의 설렘으로
꽃잎 향기 품고 오더니

푸름 멈추고
갈색 가슴 쏟아내는
들판 저택들
풍요로움으로 어우러지니

그윽하게
차오르는 들꽃마다
단추도 채우지 않고
나풀거리며 축제를 연다.

햇빛 사랑에
물든 나뭇잎
소슬바람에 핀 미소와
지나온 추억을 들춰내며
이별의 송가를 부른다.

함초 ❸

새벽 강

숙성된 밤이 찾아오면
내 노트엔 강이 흐르고
사유의 소망을 노래하는
세월이 떠다닌다.

넋두리의 삶이라도
눈부신 기억을 더듬으며
더 깊이로 묻히는
강 따라 무작정 노 젓는다.

이 줄기 따라
저어가는 길이
요동치는 급물결이라도

역경을 참아내며
완성 못한 사랑의 바다를 향해
닻을 내릴 수 있을 때까지
강의 폭이 넓어져 간다.

함초 ❹
꽃잎에 내리는 빗물

새벽녘
눈물의 종소리
내 창 두드리며
온몸에 퍼지는 전율

그 빗소리에
혼곤한 내 잠은
투명한 방울로
내 영혼 정화하고

밤 잃은
아침을 가리는
하얀 소리에
그녀는 향기를 뿜어낸다.

함초 ❺

저녁노을

태양으로
태어나

요염한 서쪽 어둠 찾아
갈증을 토하는
뜨거운 빛

붉은 그림자
평화로운 입맞춤

사랑의 밀어인 듯
내뿜는 저녁 숨결
황홀히 비상한다.

함초 ❻
채송화

돋보이고 싶지 않아
잔잔한 물결로
키도 높이지 않고
질서의 권리도 없이

별빛 쏟아내는
캄캄한 밤 해풍을 맞으며
돌담 밑에 쪼그리고 앉아

아침이 올 때까지
자줏빛 순정을
임이 오시는 그 길가에
아침을 끌고 달려갑니다.

무궁화

조국을 어깨에 짊어지고
전선에 우뚝 서서
한반도를 지키는 겨레의 꽃

화려함을 뿜어내는
뿌리의 꽃 감싸고
만백성 뜨거운 탄성소리
세계만방에 펼치고

고난과 역경
낡은 다리 걷어내고
국가와 민족을 위해

동방의 푸른 빛 기성으로
찬란한 조국의 땅을 지킨다.

함초 ❽

지리산의 전설

자드락길 새실대며
고개 숙여 새벽을 맞이하니
밀려오는 운해의 물결

흑백 사진 속
붉게 물든 피약골의 사연들로
산하는 붉게 풍덩거린다.

끊임없이 출렁였던 심장
속절없이 녹아내리니

풀잎 적시는 산화
반짝이는 초록빛으로 깊어만 간다

잠든 영혼을 달래며.

지구의 새벽

저만치 뻐꾹새
목청껏 노래 부를 때
구름만 무심히 떠돌고

옥토 밭
폭우에 찌들 때
몸살만 처절히 앓더니

물무늬 위로 비추어 드는
죽어가는 물방울 소리
충족과 갈증으로 드러누운 채

산자락 거칠게 후비던
추억의 강물은 그 슬픔을 안고
길고 긴 징검다리 되어
신음으로 쏟아내린다.

함초 ❿
외진 빛

회색 벽에 결박당한 눈
시각을 멍들게 하고

난잡한 음악에
청각을 유린당하니

황폐한 원망소리
하늘 찌른다.

허한 빛이라도
허공을 채우며

다시 떠오를
장엄한 빛 벗 삼아

온 세상
비추련다.

혜민 惠珉

○ **본명** 우종준 禹鐘浚

○ **출생** 1962년 충북 충주

○ **거주** 본향

○ **경력**

- 문학바탕 시 부문 등단

- 한국이삭 문학회 문학상 수상

○ **현재**

- 이삭문학회 운영위원

- 시몽시인협회 문학위원장

○ **메일** wjj0206@hanmail.net

○ **공저**

- 제1집   시몽시문학 '사랑해' 외 5편(2008. 9)

- 제2집   시몽시문학 '마음에' 외 6편(2009. 3)

- 제3집   시몽시문학 '어미의' 외 5편(2009. 9)

- 제4집   시몽시문학 '갈무리' 외 4편(2010. 3)

- 제5집   시몽시문학 '봄햇살' 외 4편(2010. 9)

- 제6집   시몽시문학 '고독한' 외 6편(2011. 3)

- 제7집   시몽시문학 '중년의' 외 6편(2011. 9)

- 제8집   시몽시문학 '창밖에' 외 6편(2012. 3)

- 제9집   시몽시문학 '새벽에' 외 6편(2012. 9)

- 제10집   시몽시문학 '새벽길' 외 6편(2013. 3)

- 제11집   시몽시문학 '봄날에' 외 6편(2013. 9)

- 제12집   시몽시문학 '해맞이' 외 6편(2014. 3)

- 제13집   시몽시문학 '여름한' 외 6편(2014. 9)

- 제14집   시몽시문학 '잠들지' 외 6편(2015. 3)

수대 화덕

목마른 식물에게
목 축여 준다는
고정관념 벗어나

앙증맞은 솥
수대 입구에 걸쳐
라면 끓여 먹듯

길게 뻗은 굴뚝
얇게 오려 올린 아궁이
뒤축 사각 환기 구멍

재활용으로 탄생하니
볼품없던 수대 화덕이
앙증맞은 물 조리개가 되었네.

혜민 ❷

아침산책1

아침 산책길
산들바람 따라 오르는 길
걷던 발길 멈추게 하는 은은한 향기

길 가장자리에
수줍게 활짝 핀 찔레꽃
새하얀 향기로 유혹하네.

고독한 너의 자태가
이렇게 환한 미소로 피어 날 때면
그대 바라보는 눈빛 있어 행복하겠구나.

혜민 ❸

아침산책2

부슬부슬 비 내리는 날
우산 받쳐 쓰고
산모퉁이 돌아 오르는 가장자리

엉겅퀴 꽃 어제와는 다르게
옅은 보랏빛으로
예쁘게 수정 구슬 장식한다.

저 멀리 우뚝 솟은 산봉우리
운무 속으로 빨려드니
하늘로 승천하듯 사라지고

이렇듯 부슬비 내리는 산책길
홀로 걸어도 자연은 내게로 다가와
마음 넉넉하게 감싸준다.

혜민 ❹

오월의 분탕질

산천마다
실록이 더해가는 계절
나이를 저버린 청년 가슴

실핏줄 올올이 생기 울 거 내니
터질 듯 벅차오르는 심신의 질주
창공을 가르며 활개 치며

자유분방도 모자라
천방지축 중심 잃고
애절한 마음만 분탕질하네.

친구의 슬픔

떠나보내는 마음이기에
하늘도 눈물 흘리네.

이제 더는 아프지 말고
편안히 본연의 모습으로 돌아와

즐겁고 행복누리는
삶을 영위하기 바라네.

사별을 아파하는 친구야
누구든 한 번은 떠나가는 것이기에

한번 왔다 가는 인생
너나 할 것 없이 가야 하는 길

우리보다 좀 빨리 갔을 뿐
아픔 또한 오래가지 않기를

흐느끼는 친구 생각에
비와 함께 가슴 적시네.

혜민 ❻
복사꽃

사랑 찾아
볼터치 꽃물로 수줍게 찾아든

아름다운 복사꽃
사랑에 눈뜨니

봇물 터지듯
온통 분홍빛 세상

그대 머문 자리
사랑의 결실 익어가네.

혜민 ❼

소나기

사선 그리며
내리는 빗줄기에
답답했던 가슴
속 시원히 내려놓습니다.

물웅덩이에도 앞 다투어
동그라미 파동을 일으키며
둥글둥글
내 마음이라 애써 드러냅니다.

창문 너머 들려오는
정다운 음률에 따라
귀의 외출의 시작되니
청산은 더욱 상큼하게 다가옵니다.

멈춰버린 아버지의 시간

예고 없이 찾아든 불청객
낮잠 한숨 주무시고 일어나신다 하시고는
아직까지 자리 보존하시며
누워 계신 아버지

호된 가뭄 끝의 단비가 내리듯
이제라도 깊은 잠에서 훌훌 털고
힘차게 일어나주시기를 빌어보지만
끝끝내 멈춰버린 시간들

오늘처럼 비 내리는 날
그 순간에 흘린 하염없는 눈물들이
가슴 아리도록 다시금 쏟아지니
하늘도 무심하기만 합니다.

혜민 ❾

예쁜 그리움

바람 빌어
살짝 눈감아

수줍은 얼굴
홍조되어

다소곳 기다리는
마음뿐.

혜민 ⑩

민들레

뒤뜰에 초록 봄이
노랗게 피었습니다.

아침햇살 화사함에
노란꽃 피어납니다.

온종일
해님 따라 피었다가

서녘 하늘 걸쳐지면
화사한 꽃잎 다칠까

살포시 끌어안고
내일을 기다립니다.

혜안慧眼

○ **본명** 김미애 金美愛
○ **출생** 1967년 서울 강서구
○ **거주** 인천 계양구
○ **경력** 제1회 낙동강 시 문학상
○ **현재**
– 한국시민문학협회 정회원
– 낙동강문학 제1회 동인
– 시몽시인협회 기획위원장

○ **공저**
– 제6집　시몽시문학 '추억의 노래' 외 6편(2011. 3)
– 제7집　시몽시문학 '천년의 침묵' 외 6편(2011. 9)
– 제8집　시몽시문학 '작은 음악회' 외 6편(2012. 3)
– 제9집　시몽시문학 '흐림뒤 맑음' 외 6편(2012. 9)
– 제11집 시몽시문학 '비가 내리면' 외 6편(2013. 9)
– 제12집 시몽시문학 '비와 그리움' 외 7편(2014. 3)
– 제13집 시몽시문학 '나만 몰랐네' 외 6편(2014. 9)

혜안 ❶
잠이 들다

술잔에
영혼과 육신을
내려놓고

고요한 미소
아픔 없는 평온이

나를 이기고
끝 달림을 버리기 위해

몇 시간
묵언으로
펼쳐집니다.

혜안 ❷

노모老母의 그리움

서해西海 문풍지 휘파람 부니
맨발 잊은 채 혹여 싶은 그리움

몇 해나 되었던지 여전如前
속살에 차곡차곡 쌓여가는 혈정血情
두둑이 부른 배추 도시로 향하고

들녘 어둠은 타닥거리는 화롯불에
손자 얼굴 깊어만 간다.

바리바리 겨울양식 가슴만 메이고
여전히 시린 가슴 부여잡는
나는…

이 겨울도 외면하려나 보다.

그녀

횅한 가슴 앙상한 가지들
작은 새도 쉬어가지 못할
도도함 맴돌던 빈 정원에

늘 그리운 우물 사랑
애태우며 맴돌다
한마음 방하착放下着이라

낯선 몸짓과
어색한 속삭임으로
바람처럼 걷던 삭막한
그 길에 애벌레 탈피하듯
벗겨내고 있다.

홀로 걷던 무심의 노래
삶의 여백의 미를 갖추고
만인의 연인이 아닌 한사람을 위한
여인으로 거듭나고자

사랑의 손길 붙잡아
온아한 미소 가슴에 품었다
그녀가…

혜안 ❹

마음 머무는 곳

꽃잎에 이슬처럼 비춰지는
작은 내 심장을 숨기는 것은
들키고 싶지 않은 이유입니다.

노송 우거진 가을 숲길 거닐다
상큼하게 호흡하면
울먹이는 내 목젖을 그대에게
보여주기 싫은 까닭입니다.

맑고 푸른 가을 하늘
빛나는 별을 헤아리는 눈빛은
멍울져 흘러내리는 그리움들을
들키고 싶지 않아서입니다.

다만 그대를 생각하며
글을 쓰는 이유는
함께 마음을 수놓으며
머물 수 있기 때문입니다.

혜안 ❺
권태기

날마다
반복되어진
삶의 굴레에서

어둠이
둥지를 찾으면
고독한 외로움
나를 끌어안고

지칠 만도 하려만
여전히 눈시울은
마력에 유혹되니

권태의 미소를
가꾸어 아름답게 피는
꽃이고 싶다.

혜안 ❻
바보가 되다

웃어도 될 넉넉함을
울고 말았습니다.

침묵이면 될 여유를
찌꺼기까지 토악질 해대며

그냥 있어도 버거운 마음
헤집고 뛰어놀다

잃어버린 지혜 찾아
마음 사이에 주저앉습니다.

생각은 무겁고
마음은 가시에 찔려 선혈이 난자하니

찰나
바보 되어
길을 잃고 말았습니다.

바람이 분다

무지개 꽃 피어
눈과 귀를 유혹하고
영원할 것처럼
달콤한 한낮의 열정은

꽃잎 떨어진 풀숲에
나비 찾지 않듯

꼭 닫은 입술처럼
석양이 드리우니
청산에 바람이 분다.

파도(진정한 참음)

참기 어려운 참음
가슴 한 칸이 아려
울먹이는 속 바위에 내던지고

산산이 뭉그러진 채
돌아서는 눈망울
버리고 또 비워도

바위가 아니면
무엇이 파도를 위로할 것이며
파도가 아니면 무엇이 바위를
포용할 수 있으리.

주어진 삶이
수행이라 여기며
끝없이 출렁이고 부딪히는.

혜안 ❾
터전의 향기

볼펜 굴리는 사무실보다는
힘겹고 힘든 나날들

먼 거리 출퇴근 두 시간
운전의 길이 되더라도
재미가 있다.

바쁜 일상에 지쳐가는
하루하루의 신음소리가 나고
무릎과 허리에서 탄식이 피는 날이 많지만
내 사랑 언니의 고단함이 덜어지니 행복하다.

느림보 같은 형부나
묵직하게 일하는 요리사가
행복의 분위기와
감칠맛을 내어주기에
참새처럼 들려가는 길손

하늘의 노곤한 삶의 희로애락
술잔에 기울이며 짠물 뽑아내듯
웃음 그칠 줄 모르고
서로의 감정 털어내는 하루의 진솔한 막 내림들

오늘도 사랑이 넘치는
길손과의 눈인사가 따사롭다.

혜안 ❿

비 갠 오후

청명한 하늘
우러러 님 보듯

맑은 가슴으로
탄성이 절로 나니

갓 세탁한 듯
뽀얀 구름 한 점
보내드리고 싶다.